「ふむ、上手くいったか」
異世界で魔王に生まれ変わった青年
ユキ
「おお……すげーカッコいい」
古代龍
レフィシオス
（愛称：レフィ）
魔王《まおう》になったので、ダンジョン造って人外娘とほのぼのする
10

魔界を統べる王
フィナル＝レギネリス
＝サタルニア
の戦いへ!!!!!

悪魔族の頭領
ゴジム
いざ、それぞれ
勇者
ネル

行く手を阻む
この敵は一体……!?
「おいおい……マジか」

魔王《まおう》になったので、ダンジョン造って人外娘とほのぼのする

MAOU NI NATTA-NODE
DUNGEON
TSUKUTTE
JINGAI-MUSUME
TO HONO-BONO
SURU.

10

著 流優 RYUYU
ILLUST. だぶ竜

口絵・本文イラスト
だぶ竜

装丁
AFTERGLOW

MAOU NI NATTA-NODE DUNGEON TSUKUTTE JINGAI-MUSUME TO HONO-BONO SURU.

CONTENTS

プロローグ　特訓

――朝。

ダンジョンの皆と共に朝食を食べ終えたレフィは、洗面所にて歯を磨きながら、鏡に映る自身の姿をまじまじと見詰めていた。

龍族のものではない、ヒト種のメスの肉体。

少し前に『人化龍』という称号を得てから、龍の姿に戻れなくなったため、今ではこの姿こそが自身の唯一の身体《からだ》ということだが……よくよく考えてみると、自身はこの身体のことをあまり知らない。

造りはほぼヒト種のものと変わらないだろうが……それでも、完全に同じではないだろう。

元々は、魔法によって生み出した肉体なのだから。

――ふむ、この身体で強さを求めるのならば、やはりそこから理解すべきか。

今まであまり意識したことはなかったが、久方ぶりに外に出て、出来ることと出来ないことを確認してみるとしよう。

そうだ、せっかくだから、何か武器でも振るってみようか。

と、レフィが胸中でそんなことを考えていると、ガラリと洗面所の扉が開かれる。

入って来たのは、自身の旦那《だんな》であるユキ。

「ん」

「おう、あんがと」

少し横にずれると、旦那はふあ、と一つ欠伸《あくび》をしながら横に並び、同じように歯を磨き始める。

恥ずかしいから口にはしないが……旦那と過ごす、何気ないこの日常の時間が、レフィは好きだった。

日々生活を共にしているが、それでもその度に、ほんのりと胸が温かくなるのだ。

「全く、狭いぞ」

「うるせー。しょうがねーだろ」

お互い軽口を叩《たた》き合うが、レフィはここから動かず、ユキもまた洗面所から出て行こうとはしなかった。

そうして歯を磨き終え、居間の方に戻った後、レフィは旦那へと向かって言った。

「そうじゃ、ユキ。頑丈な大剣を……そうじゃの、使い潰《つぶ》しても良くて、儂《わし》が使っても壊れないような頑丈な大剣、造ってあったりせんか？」

「？　どうしたんだ、急に？」

不思議そうに問い掛けてくる旦那に、手をヒラヒラ振って答える。

「ただの戯《たわむ》れじゃ。少し興味があっての」

「ふぅん……？　わかった、なら、これやるよ」

そう言って旦那が空間の亀裂から取り出したのは、鉄と同じ鈍色《にびいろ》だが、綺麗《きれい》な光沢のある大剣。

「これは……アダマンタイト製か？」

「正解。それ、試しに全部アダマンタイトで作ってみたんだが、思った以上に斬れ味が良くならなかったんだ。希少金属は、単体での使用はダメみたいだな。失敗作だけど、強度はアホみたいにあるだろうから、使い潰しちまっていいぞ」

「わかった、ありが――待て、ユキ。お主の趣味にとやかく言うつもりはない。ないが、アダマンタイトは希少金属。総アダマンタイト製となると、この大剣を作るのに、かなりのでぃーぴーを使用したのではないか？」

「……そ、その分はちゃんと、自分で補充したので」

ジトッとした目でそう言うと、無駄遣いをしたという意識はちゃんとあるのか、ス、とこちらから視線を逸《そ》らすユキに、一つ苦笑気味のため息を溢《こぼ》す。

どうせ、エン以外の武器などほぼ使わないというのに、相変わらずな男である。

「まあ、ならば良いが。お主がいなければここは成り立たんが、あんまり無駄遣いし過ぎるでないぞ。以前も一度、でぃーぴーが枯渇し掛けたこともあった訳じゃしの」

「へ、へい。気を付けます」

旦那の言葉に、「わかったならばよろしい」と頷《うなず》き、受け取った大剣を担いで魔境の森へと出て行った。

◇　◇　◇

「これはー……あまり、意味がないのう」

目の前の倒れた木を見て、ポツリとそう溢す。

借りた大剣で、斬り倒すことは出来た。

斬り倒すことは出来たが……斬った、というよりは、叩き砕いた、という方が近いような非常に雑な斬り口になってしまった。

これは、刃が立っていない、というのだろう。

ユキ曰《いわ》く、この大剣は失敗作で、元々斬れ味が良くないようだが、それでもこの斬り口はただの力任せの結果だということがわかる。

勿論《もちろん》、初めて剣というものを振るった訳なので、そう上手《うま》くいかないのは当たり前かもしれないが……問題は、武器の方だ。

振るった拍子に力を込め過ぎたのか、大剣の柄《つか》にヒビが入っている。

アダマンタイトは、『神鉄鋼』とも呼ばれるオリハルコンに次ぐ希少魔法金属であり、金属の中でも最硬と言われている。

それが、一度振るっただけでこれだ。

とても戦闘に耐えられる強度ではないだろう。

自身の力を補う、ということを考えた際に、旦那の戦う姿を思い浮かべ、武器を扱えるようになるのがいいかと思ったが……剣術というものは、やはりヒト種のための技術なのだろう。

これならば、素手で殴った方がマシではないだろうか。

「……エンに手伝いを頼まなくて正解じゃったの」

最初、彼女に協力してもらって武器というものの使い勝手を試そうかと思ったのだが、その前にこちらで試しておいてよかった。

力加減を知らずにエンを振るっていたら、まず間違いなく彼女の柄を握り潰していたことだろう。

「武器が駄目となると、魔法か。元より、儂はそっちの方が得意じゃが……問題はやはり、出力じゃの。次は杖《つえ》でも借りてみるか……？」

「何してんだ？」

次の案に関して考え込んでいると、背後から聞こえる声。

ハッと後ろを振り返ると、そこにいたのは、自身の旦那。

「な、何じゃ。来ておったのか」

「あぁ。お前が急に大剣を貸してほしいなんて言うから、ちょっと気になってさ。武器に興味津々なネルはともかく、お前は今までそういうのに興味を示したことは一度もなかっただろ？」

「あー……確かにの。とりあえず先に言っておくが、すまぬ。お主に借りたこの大剣は、一撃でヒビが入った」

そう言って大剣を渡すと、旦那は苦笑しながら空間の亀裂にそれをしまう。

「アダマンタイトでもダメだったか……それで、どうしたんだ、武器なんて使って。お前には、世界最強の自前の爪があるだろ？」

彼の言葉に、少し考えてから、口を開く。

「……お主には、言っておくとしよう。儂は、龍に戻れなくなった」

「へ？」

「どうも儂は、自分自身を龍ではなくヒト種だと思い始めたらしい。『分析』で儂の称号を見てみよ」

旦那は、しばし無言でこちらを見る。

「……人化龍か。いつの間に？」

「つい最近じゃ。今の儂は、世界最強ではなくなってしもうた。別に、そんなものはどうでもいいんじゃが、仮に他の災厄級と戦闘になった際、今のままでは負ける。故に、もしものためにこの身体《からだ》での本気の戦い方を鍛錬しておこうかと思っての」

「なるほど、それで武器か……けど、アダマンタイトでそれじゃあ、刀剣類はちょっと難しそうだな」

「うむ。これだと素手の方が強いから、使う意味がないの」

「……龍に戻れないってのは、以前の完全体に戻れないってことか？　その身体で翼とかは出せるんだろ？」

「そうじゃ。このヒト種の姿を基にすれば、外見の変化はさせられる」

そう言って、片手を龍のものへと変えてみせる。

すると旦那は、鱗《うろこ》と鋭い爪の生えたこちらの腕を、サワサワと触り始める。

微妙にくすぐったいが、好きなようにさせていると——突如、ペロリと舐《な》められる。

「わひゃっ……な、何をする！」

「ゲッヘッヘ、コイツぁ、いい鱗だァ！　お嬢さん、悪くない身体をしているじゃあないですかァ」

「うひっ、あぅっ……やめんか阿呆《あほう》！」

「いでっ」

ふざけ始めた旦那の頭をパシンと叩《はた》くと、大人しく手を放す。

「ま、全く……真面目《まじめ》にやらんか。儂は今、それなりに悩んでおるんじゃぞ」

「ハハ、すまんすまん。綺麗だったからつい」

「……綺麗だと舐めるのか」

「そこはほら、夫婦のおふざけと言いますか」

ちょっと熱くなった頬《ほお》のまま睨《にら》むと、旦那はからからと笑い、本題へと話を戻す。

「それで、この腕の鱗と爪は、お前の元の姿の鱗と爪に比べてどれくらい差があるんだ？」

「いや、恐らく同程度の強度はある。じゃが問題は、魔法も物理攻撃も、本来の姿程の出力が出んことじゃ。覇龍の力を全《すべ》て出し切ることは、この身体じゃと出来ん。せいぜい五割が限界じゃろう」

「……なるほど、車とかバイクとかの排気量の違いみたいなもんか」

「？　それは、お主の前世のものか？」

その質問に、ユキはコクリと頷く。

「あぁ。前世にあった乗り物だ。馬車の進化形と思ってくれていい。……そうだな、つまり龍形態とヒト形態の違いってのは、ほぼ同じ強度に性能だが、サイズのみ違う馬車本体に対して、それを引く動力源に馬とロバくらいの大きな差があるってとこだな。けど、そもそも何でそんな、出力に差が出るんだ？　どっちの姿でもステータス自体は一緒なんだろ？」

「今のお主の例えに乗るとするならば、動力源を動かすための餌は、同じだけたんまりとある。が、馬とロバという身体の大きさの差から、一度に食えて一度に発揮出来る力の量が違う、といったところじゃろう。……微妙に、自分をロバに例えるのは、思うところがあるんじゃが」

「なら、フェンリルと馬に変えてあげましょう」

「それじゃと馬力に差があり過ぎるじゃろうて。――いや、そんなことはどうでもいいんじゃ。とにかく今の儂は、そこらの凡百が相手ならばまだしも、いつかの精霊王の爺《じじい》辺りの強さを持つ者と戦闘になった場合、勝てん。幾つか、考えていることはあるんじゃが……お主は、何か良い案があったりせんか？」

と、彼は、少し考えた様子を見せてから、一つコクリと頷いた。

「わかった。それじゃあ、一緒にその身体での戦闘方法、考えてみるか」

◇　◇　◇

「先に、お前が考えてることってのを聞いていいか？」

「うむ、今は二案考えておる。まずは、杖じゃ。元々儂は、戦闘時魔法主体で戦っておったから、そっちを強化する方向性じゃな」

「杖、杖か……そう言えば、以前に来た精霊王のじーさんも杖を持ってたな」

「そうじゃの。今思えば、奴《やつ》も儂と同じことを考えたのかもしれん。ヒト型の生物では、魔力の出力に制限があるのかもしれん」

と、旦那は微妙そうな表情で口を開く。

「……精霊王は、ヒト型の生物って考えていいのか？」

「……まあ、人に近しいさいずではあるじゃろう。五体も存在しておらんが」

「微妙なラインだと思うが、まあそこは今は措《お》いておこう。それにしても杖、杖かぁ……魔法少女ステッキＭｋⅡなら――」

「燃やすぞ」
ボ、と炎を掌《てのひら》に生み出すと、ユキは引《ひ》き攣《つ》った表情で空間の亀裂から取り出しかけていた、いつか見たことのある杖をしまう。
「じょ、冗談冗談。――なら、コイツはどうだ。一度最高の杖を作ってみようと、いつかの山のてっぺんで回収したやべぇ性能の杖を基に、お前の鱗とかを混ぜて造ってみたんだ。レイラに一回評価してもらったことがあるんだが、国宝級って言ってくれたから、それなりに良いもんだとは思う」

「ほう、それは期待が持てるの。お主は使わんのか？」

「あぁ。俺、杖使っても全然効果を実感出来なくてさ。多少魔力の流れが良くなるのはわかるけど、その程度だったらエン使ってた方が戦いやすいし」

「まあ、儂《わし》らが使うのは原初魔法じゃしの。あまり、杖の恩恵を受けるような魔法の発動の仕方でないことは確かじゃな」

詠唱を伴う形態の魔法ならば、杖が詠唱代わりを果たす場合があり、加えて魔力量の少ない者ならば、少量の魔力で効率良く魔法を発動することが出来るようになる。

だが、自身も旦那《だんな》も詠唱もしなければ、魔力量に関しても効率など全く無視して発動してしまえるだけの、圧倒的な魔力量がある。

故に、杖というものの恩恵を受けにくいのだ。

「それでも、杖を使うのか？」

「慣れたらそっちの方が魔法が使いやすくなるらしいからの。ただ、お主は無理に杖を使おうとせずとも、エンを使っておれば良いと思うぞ。エンもまた、能力で言えば本当に良い武器じゃからな」

そう言いながら、受け取った杖に魔力を込めて行き、杖の先に一つ魔法を発動する。

――発動したのは、それなりに使い慣れている火球。

と言っても、かなりの魔力を込めたために火の色が青色を放っており、ギュ、と拳《こぶし》より一回り小さいくらいのサイズに火が凝縮されているので、あまり一般的な火球とは言えないだろう。

それを、何もない岩肌に向かって放ち――瞬間、一帯がボンとはじけ飛んだ。

すぐに土煙が上がり、辺りの様子が見えなくなる。

「……相変わらずお前の魔法はデタラメだな。どうだ？」

少し呆《あき》れた様子の旦那に、渋面を作りながら答える。

「……正直、微妙じゃのう」

「ダメそうか？」

「慣れたら使いやすくなるらしいと言うたのは儂じゃが……本当にそうなのかと、自分で言いたくなってしもうた。もしや、使い方が違うのかの……？」

ほぼ、普段と変わりがない。

火球の魔法を発動する場合、魔力を全身から掌に集め、そこに魔法を顕現するというプロセスを辿《たど》る訳だが、今のだと魔力の集める位置を掌から杖の先へと変えただけで、威力も発動までの時間も何も変化がなかった。

理屈の上では、杖を使った方が効率が良くなっているはずなのだが……微々たる変化過ぎて、よくわからない。

「精霊王の爺は、精霊魔法に加え原初魔法を併用しておったから、奴が杖を愛用しておる以上意味がないことはないと思うのじゃが……これは、再度奴が訪れた時にでも、聞いてみるしかないの」

「そうだなぁ……その辺りに関しては、俺は知識が乏しいから、何も言えんな……もう一つの案は？」

「うむ、この身体のまま、全身を鱗で覆ってみようと思っておる。とりあえずそうしておけば、生身で戦うよりはマシじゃろうからな」

借りた杖をユキに返した後、今度は自身の身体を変化させていく。

一部を、というのは今までに何度もしたことがあったが、全身を龍のものに変えるのはしたことがなかったので、いつもより神経を集中させ――少しして全身のほぼ全てが鱗で覆われ、爪が龍の鋭いものへと変化する。

いつの間にか、翼も生えていた。

体表面を変えるだけのつもりだったが、勝手に出て来てしまったようだ。

「ふむ、上手くいったか」

自身の身体《からだ》を見回し、と、旦那が少し感動した様子でこちらを見ていることに気が付く。

「おぉ……すげーカッコいい」

「む、そうか？」

「あぁ。こう……幼女達の言じゃないが、変身ヒーロー――いや、変身ヒロインみたいで、すげーカッコいい。あの子らに見せたら多分、大喜びで正義の味方ごっこをせがんで来ると思うぞ」

旦那の言葉に、容易にその様子が想像でき、一つ苦笑を溢す。

「この姿では、ちと危ないから遊んでやれないの。大怪我《けが》させては敵《かな》わん、正義の味方ごっこをするなら、儂とお主で、じゃな」

「……その時は手加減してくれよ」

「安心せい。後で、儂がちゃんと治療してやる」

「ケガする前提で話すのはやめてくれたまえ」

二人で笑った後、旦那は言葉を続ける。

「その姿なら、魔法の発動とか早くなるんじゃないか？　元の姿に近い訳だし」

「む……確かにそうじゃの。試してみるか」

先程発生させたのと同じ火球を、今度は掌の先に出現させ――。

「ぬわぁっ⁉」

「熱っ⁉」

――想像していた倍以上の火球が生み出され、激しい熱が襲い来る。

いつもは魔力でコーティングし、自身が火傷《やけど》を負わないようにするのだが、想像以上の威力になったせいでコーティングをはみ出してしまったようだ。

「は、早く消すか放つかしてくれ‼」

「う、うむ‼」

こんな規模の火球を放ったら大惨事になるのが目に見えているので、すぐに供給している魔力をカットし、ボシュ、と掌を握り締めて消し去る。

熱が消え去り、涼やかな空気が戻ったことに、安堵《あんど》の息を吐き出す。

……服の至る所が、焼け焦げてしまった。

肌は鱗を纏《まと》っていたために何も問題なかったが、もうこれは着られないだろう。

旦那の方は発火してしまったらしく、慌てて服の裾《すそ》をパンパンと払って消火し、ホッと一息吐《つ》いていた。

「す、すまぬ。思っていた以上の火力になってしもうた。火傷はしておらんか？」

「あぁ、それは大丈夫だ。ビックリはしたけどな。……なんか、初めてお前に魔法を教わった時を思い出したぞ。立場は逆だったけど」

「……カカ、そうじゃな。そんなこともあったの。あの時はお主の前髪が焦げたんじゃったか？」

懐かしい記憶だ。

何十年も前の話に思えるが……あれが、たった二年も経《た》たないような頃《ころ》だと考えると、面白いものがある。

「そうだったそうだった。懐かしいな。——んで、今のはいい感じだったんじゃないか？　お前が魔法の威力調整に失敗したってことは、出力が想像より上回っていたってことだろ？」

「うむ。やはり、鱗の有無がこの差じゃろうな。鱗があるおかげで魔力が全く肌から逃げて行かず、操作も圧縮も無駄なく出来ておるんじゃろう。いつもより圧倒的にすむーずに魔力が動くもんで、つい込め過ぎてしまったようじゃ」

「なるほどな……あんまり俺が協力することもなかったが、形は見えたな。そのフォルムでの戦闘方法を今後磨いていくのが良さそうか」

「そうじゃの。これは、『龍人化』とでも呼ぶか。今の感じじゃと、慣れれば以前の龍形態の時と同じくらいの出力——いや、それ以上も行けるかもしれん。何とかなりそうじゃな」

これで、方向性は見えた。

後は、鍛えるだけだ。

「お前の龍形態も最高にカッコよかったが、正直今の姿の方が好きかもしれん。カッコよくて強いってもう、最強だな」

素直に褒めてくれる旦那に、少し照れ臭くなり、冗談めかして言葉を返す。

「ま、儂が本気を出せばこんなもんじゃ。お主はこんな素晴らしい女が嫁であること、誇って良いのじゃぞ？」

「へへぇ、我が嫁さんが最強最かわ最かっこよでもう最高っす！」

「微妙に馬鹿にされているように聞こえるのは気のせいかの？」

「何を言いますか！　心から賛辞を送っているというのに、信じていただけないとは……およよよお」

「あれじゃな、人の神経を逆撫《さかな》でする、そこはかとなく気色の悪い泣き声じゃな」

「俺もそう思う」

――そう旦那とふざけあっていると、その時こちらに走り寄って来る足音が耳に入る。

「ご主じーん！　あっ、レフィ様も一緒にいたっすか――ってうわっ⁉　ど、どうしたんすか、二人とも。真っ黒っすよ？」

走り寄って来たのは、リュー。

彼女の言葉に、旦那が答える。

「リューか。ちょっと今、レフィと魔法の研究をしててな。どうしたんだ？」

「ネルから、さっき連絡が入ったっす！　――『手を貸して欲しい』って言ってたっす！」

第一章　同盟会議

――全《すべ》てが、一色に染め上がっていた。

それは、赤。

燃える森の赤。

燃える里の赤。

そして――燃える同胞の、赤。

ガクリと、膝《ひざ》から崩れ落ちる。

全てを飲み込んで燃える炎からの、膨大な熱が肌を襲い、だが飛んでくる火の粉で自身が火傷を負っていることにも気付かず、ただ茫然《ぼうぜん》と眼前の光景を眺める。

何も考えられない。

思考が覚束《おぼつか》なく、頭が上手《うま》く働かない。

グラグラと、視界が揺れる感覚。

平和で、美しく、自然と調和していた生まれ故郷。

それが……何故《なぜ》、どうして、燃えているのか。

「……シャイマ」

腕の中にあるのは、もう二度と動かない、人、だったもの。

心臓を一突きにされ、一目で致命傷であるということがわかる。

最初に覚えたのは、精神が、魂が崩壊しそうになる程の、深い深い悲しみ。

次に覚えたのは、血管が張り裂け、目の前が真《ま》っ赤《か》に染まり上がりそうな程の怒り。

そして最後が――達観。

――これが、世界だ。

全ては、弱肉強食。

弱き者は強き者に食われ、その強き者は、またさらに強き者に食われるのだ。

故に、世界の不条理に食われたくなければ強くならねばならないと、昔から教わって生きてきたが……まさに、その通りだったということだろう。

――この不条理さこそが、世界だ。

やがて、沸々と胸の内に湧《わ》き上がってくるのは、反逆の意志。

世界に対する、どうしようもない理不尽に対する、反逆だ。

――平和のため。

きっとこの言葉の下に、数多《あまた》の血が流され、数多の命が散ったことだろう。

この反逆の意志を貫けば、自身もまた、同じように数多の不幸を生み出すことになるかもしれない。

だが……それでも、やらねばならない。

死した同胞、死した親族のために。

死した、妻のために。

ただ一人、生き残ってしまった自分は、世界の不条理に憎しみを覚えた自分は、それを為《な》すのが定めなのだ。

「……大きな望みを持てと、お前は言っていたな。俺にも一つ……それが出来たようだ」

赤毛の戦士は、瞳《ひとみ》から一粒の涙を流し、腕の中に愛した妻の亡骸《なきがら》を抱いたまま、立ち上がった。

◇　◇　◇

――エルフの里。

人間界と魔界の中間に位置する、周囲一帯が深い森に覆われているこの場所にて、現在三つの種族の者達が揃《そろ》っていた。

一つが、この森の住人であるエルフ達。

一つが、魔界王フィナルの名の下に、他種族と着々と協力関係を築きつつある魔族達。

一つが、アーリシア国王を頭とした、人間達。

その三種族の者達の中で、代表者たる王達は今、里の会議室にて顔を合わせていた。

「――やぁ、ようやく会えたね、アーリシア国王君。君とこうしてお話が出来ることを、僕はとても嬉《うれ》しく思うよ」

「ええ、こちらもです。ようやくこの不毛な争いを終わらせられると思うと、肩の荷が下りるような思いです」

そう言葉を交わしながら、固く握手をする二人の王——魔界王フィナルとアーリシア国王レイド。

魔界王はいつものようにニコニコと内心を窺《うかが》わせない笑みを携え、レイドもまた外交用の笑みを浮かべていたが、しかし二人の言葉には、ただの世辞に留《とど》まらない強い気持ちが乗っていた。

と、二人の横に立っていた、エルフ族の実権を握っている女王、ナフォラーゼ＝ファライエが口を開く。

「では、余がヌシらの仲介をさせてもらう。二人とも、まずは座ってくりゃれ」

彼女の言葉に、二人は用意されていた円卓の席に着く。

「それにしても……こう言っては少し失礼かもしれませぬが、そうも若々しいとは思いませんでしたな。全く、他種族というのは羨《うらや》ましい。貴殿はその容姿で、私よりも百五十近く上なのでしょう?」

「ハハハ、それを言ったらナフォラーゼちゃんなんて、僕が生まれる前から——」

「魔界王、それより先を言うたら、ヌシの舌を引き千切るぞ」

「おっと、危ない。余計なことを言うのはやめておこうか」

そんな和やかな雰囲気の中で、会談は開始する。

広い会議室の端で、人間達の警護の一人としてこの場に参加していたネルは、その様子を見て一つホッと息を吐き出していた。

「……この様子なら、上手く行きそうですね、レミーロさん」

「えぇ、魔界で長らく工作を続けた甲斐《かい》があるというものです。本当に……この光景を、どれだけ求めたことか」

そうネルに答えるのは、老執事――先代勇者である、レミーロ＝ジルベルト。

この会談は、以前魔界にて魔王ユキと出会った頃《ころ》から、魔界に留まって長らく工作を続け、魔族と人間との橋渡し役をしていた彼の努力によって成り立った部分も大きく、故に他種族同士が理性的に会話を交わしている目の前の光景には、その立役者として胸に来るものがあった。

彼は目を細めて会談の成り行きを見詰め、それからふと思い出したように隣の少女へと言葉を掛ける。

「そう言えば、話は変わりますがネルさん。あなた、ご結婚なされたそうですね。おめでとうございます」

「えっ、あ、ありがとうございます……もしかして、ロニアから？」

ネルが宮廷魔術師の友人の名を言うと、老執事はフフ、と笑って頷《うなず》き、いたずらっぽい表情で言葉を続ける。

「私も魔界でお会いしたことのある、あの彼が夫であるようですね。ネルさんが毎日とても嬉しそうになさっているので、友人としても嬉しいが、延々と惚気話《のろけ》を聞かされて少々困っていると仰《おつしや》っていましたよ」

「い、いや、そんな、そこまで惚気ては……いなかったような、そうでもないような……」

後半声が小さくなる勇者の少女に、微笑《ほほえ》ましそうに笑みを浮かべる老執事。

「フフフ、幸せであるのならば、何よりです。それが理由かはわかりませんが、ネルさんが精神的にとても強くなったと聞いています。やはり、環境の差というものは大きいのでしょう」

「……成長出来ているのなら、いいんですけどね」

彼の言葉に何とも言えなくなり、ネルはちょっと照れながらポリポリと頬《ほお》を掻《か》いた。

――と、そんなのんびりとした会話が交わされている横で、会議は本格的な話し合いへと移行していく。

「さて、本題に入ろう。君達のところとは、これからは仲良くやっていきたい。遺恨は、お互いあることは間違いない。けれど、僕達の代でそれを断ち切ることは出来るはずだ」

「同感ですな。もはや、自国のみで一生を終える時代は終わりつつある。これからの時代、さらに他種族との交流は増えていくでしょう。狭い視野の中で生きるのは、終わりかと」

アーリシア国王の言葉に、魔界王はコクリと頷く。

「僕達の持つ価値観は全く違うものだ。それでも、だからと言ってわざわざ殺し合う必要もない。……そうだね、まずは停戦協定を結ぶとして、貿易から始めないかい？　ヒト種というのは案外皆現金だ、そこに利益があれば多少の価値観の差くらいは目を瞑《つぶ》るだろう」

「ふむ、尤《もっと》もですな。交流が増えれば、そこから互いの文化への理解も深まっていくのは自明の理。やがては、その者を種族ではなく『個人』として見ることが出来るようになり、わだかまりも無くなっていくでしょう」

「貿易に関する話ならば、エルフも交ぜてもらおうかの。我らは外と関わりを持たんと、生活が著しく偏ってしまう」

「元々君達、狩猟民族だもんねぇ。いいね、こういうのは規模が大きくなればなる程良い」

それからしばし、貿易に関する話を詰めた後、アーリシア国王が口を開く。

「一つ、懸念を聞いていただきたい。我々人間は、貴殿らと比べ命が短い。私自身、五年後は王をやっていても、十年後に王をやっている自信はありません。出来る限り、根回しをしてから次代へと玉座を渡すつもりではありますが……確実なことは言えぬのです。故に、私が王である間に、停戦協定を破棄するよりは継続した方が断然利がある、という状況まで持っていきたいのです」

「なるほど……わかった。では、こうしよう。表向きは貿易関係のみを公表して、裏で幾度か合同軍事演習でもしようか。少し早計かもしれないけれど、関係強化にはやっぱり軍事から入るのが良い。それに、ここのところの情勢の悪さを見ても、早めに関係を強化することは悪くないからね。魔界も人間界も、大分荒れてきている以上、味方が多いに越したことはないだろうし」

二人の言葉に、エルフ女王がやれやれといった様子で首を左右に振る。

「全く、ヌシらは争いごとが多過ぎる。我らエルフのように、もう少し安定した生活を送ってほしいものであるの」

「耳が痛いね。実際、僕の力が足りないから、魔界を安定させられていないということは確かだからさ」

「うむ……私の方もそうですな。なかなか、安定というのは難しい。是非、ナフォラーゼ殿からはその手法を学びたいものです」

「ほう、人間の割には見どころがあるの！　いいぞ、余が是非とも民を纏《まと》めるコツを教えてやろう」

「あー、レイド君。彼女、こうなると長いよ」

それからも、濃密な会議は外が暗くなるまで続き——。

◇　◇　◇

エルフの里の周囲に広がる森はとても深く、ある一定の地点より奥に踏み込むと、エルフ達が張った多種多様な結界がそこには存在しており、里の近くへの侵入者があれば即座に感知、それが敵性存在であった場合は迎撃までをスムーズに行うことが可能な防備体制が敷かれている。

この強固な防備体制は他種族から『森の秘術』と呼ばれ、長命種であるエルフの長い歴史を見ても、過去に里までの侵入者を許した例は数える程しかない。

人間や魔族に比べ少数民族ながらも、彼らに対しこうして強い影響力を持つことが出来ているのも、他種族に攻め落とされないだけの強固な軍事力を有していることが理由であった。

そんな、守りの堅牢《けんろう》さで言えばヒト種の世界において一、二位を争うことが出来る程の里の防備に、エルフ族の者達もまた誇りを抱いているが——現在、森と里の境界付近にて警備の任に当たっている多数のエルフの兵士達の表情には、一切の油断は浮かんでいなかった。

本日里で行われているのは、他種族同士の会談であり、それも長らく争いが続いている魔族と人間を交えてのものである。

エルフはどちらの種族とも関わりがあった故にエルフの里が今回の会談の場として選ばれ、自らの国でそれが行われること自体は誇らしくあったが、故にこそ、絶対に問題なく終わらせねばならないという意識からピリリとした緊張感が彼らの間には走っていた。

「……ん？」

「どうした？」

ツーマンセルで結界の外を巡回中だった、エルフの兵士達。

突如怪訝《けげん》そうな声を漏らした同僚に、その相方が問い掛ける。

「いや……使い魔が魔物を発見した。まだ感知結界にも引っ掛からないくらいの距離だが、アンデッドらしい」

自らの使い魔にしていた小動物が送ってきた念を感じ取りながら、彼はそう答える。

「アンデッド？　珍しいな……どこかから流れてきたか、昼にやって来た使節団の彼らに釣られたか？」

「人数が人数だからな、生の気配も非常に強いものになっていただろうし、それに惹《ひ》かれて近付いてきた可能性はあるだろう」

――エルフは、使い魔の魔法をよく使う。

狩猟民族である彼らは、より効率良く獲物を狩るために動物達や魔物を使い魔にし、周囲の探索を行わせるのだ。

自身で見るよりも広範囲の索敵が可能になり、術者によっては何匹もの使い魔を放つことが出来るため、敵がいた場合などはいち早く察知することが可能だが……完璧《かんぺき》なものなど存在しないように、この魔法にもまた、欠点が存在していた。

それは、使い魔が主《あるじ》へと送ることが出来る報告は、使い魔の脳で理解出来る範囲内でのみ、というものである。

故に、敵に見つかりにくいという利点から小動物を使い魔として使用していた彼には、アンデッドがいる、という報告しか届かない。

「ん、待て、動きがある。アンデッドがこちらに近付いて来るぞ」

「方角は」

「北東方向だ、まだ距離はあるが、真《ま》っ直《す》ぐこちらにやって来ている。やっぱり生の気配に惹かれて来た奴《やつ》だな。俺達で排除を……いや、普段見ない魔物が今日に限って現れた以上、警戒しておいた方がいいか。おい、司令部に連絡を入れてくれ」

「了解。――こちら第七警備班、アンデッドを発見、これより排除する」

一人が『ウィスパー』という魔法を使用して司令部に報告した後、彼らは背中の矢筒から矢を取り出して弓に番《つが》え、弦は引かないまでもいつでも撃てるように警戒を強める。

やがて、森の奥へと目を凝らしていた彼らの視界に映るのは、遠くの木々の間に蠢《うごめ》く影。

その影が、想像以上に大きいことに気が付いた次の瞬間――周囲一帯が、吹き飛んだ。

◇　◇　◇

突然だった。

ズゥン、と遠くから響いてくる低い爆音。

数瞬遅れ、近くまで吹き飛んで来ていた木々の破片や砂利などがバラバラと地面に落ち、煙が高く立ち昇り始める。

会議室にいた者達は一斉に音の発生源の方へと顔を向け、それぞれの種族の護衛達が反射的な動きで瞬時に警戒態勢に入り、いつでも動けるようにと武器へ手を掛ける。

「状況報告！」

エルフの女王、ナフォラーゼが鋭く声をあげると同時、壁際で控えていたエルフの護衛の一人が、耳に片手を当てながら答える。

「……『ウィスパー』届きました！　第七警備班がアンデッドを発見したという報告の後交信が途絶、その後報告無し――いえ、続報届きました！　す、数十体の変異型アンデッドを確認、里の内部へと侵入し、戦闘が開始しています！」

「なっ、守護結界はどうした⁉　最高強度で張ってあったはずであるぞ⁉」

エルフが森に張っている、結界の一つ――『守護結界』。

世界最強の種族である龍族、彼らの奥の手である『龍の咆哮《ほうこう》』ですら二発までは耐えることの出来るシロモノであり、防衛の要《かなめ》として使用されているが……。

「わ、わかりません、しかし中に入られた以上、破られたことは確実かと……！」

「くっ……警備部隊は里内部まで引いて防衛線の張り直し、待機中の即応部隊をすぐに送れ！　魔獣部隊は!?」

「第一から第四までがすでに戦闘に参加、第五が他エリアの警戒を担当しています！」

「よし、そのまま密に連携して対処に当たれ！　ここで他種族の者達に被害が出れば、エルフの名折れであるぞ！」

矢継ぎ早に指示を出すナフォラーゼを前に、少し険しい表情の魔界王フィナルが言葉を溢《こぼ》す。

「……変異型アンデッド、か。以前のように坑道戦術でもやったのか、それとも何か新しい手段を使ったのか。すまない、どうやら僕のところの敵が、こっちまで来てしまったようだ」

「ふむ……会談前にフィナル殿が仰っていた『悪魔族』、ですか」

彼に問い掛けるのは、アーリシア国王レイド。

「恐らくね。アンデッドは悪魔族の子達が兵器として使用しているものだ。僕を追って——というより、潜在的に敵となり得るだろう相手を一掃出来るかもしれない機会だから、わざわざここまで来たんだろう。動きは注視していたのだけれど……今回は相手が一枚上手だったようだ」

それから魔界王は、後ろを振り返って自らの部下達へと指示を下す。

「君達、今回のこれは、本来ならば僕らが相手をしなきゃならない者達だ。僕の護衛は最低限でいい、残りは外の援護へ」

『ハッ』

そうして魔族達が即座に行動を開始した横で、レイドもまた自らの部下――ネル達の方へと言葉を掛ける。

「我々も彼らに手を貸そう。ネル殿、レミーロ殿、外の部隊を纏めているカロッタ殿と協力して、対処を頼めるか」

「わかりました！」

「了解しました。――皆さま、ここはお願いします」

『お任せを！』

レミーロの言葉に人間の他の護衛達は敬礼を以《もっ》て答え、そしてネルとレミーロの二人は会議室の外へと出る。

巨大な大樹の中間程をくり抜いて作られたそこから出ると、すぐに視界に映るのは、普段は優美なエルフ達が慌ただしく動き回り、怒号をあげて侵入者の撃退に全力を挙げている様子である。

そんな彼らに交じり、急いで戦闘ポイントへと向かう途中、レミーロがネルへと口を開いた。

「ネルさん、お聞きなさい。あなたも戦ったことがあると報告を受けていますが、今回の侵入者は変異型アンデッド。奴らは一体一体がかなり強い。もし危なくなったら……あなたは、逃げなさい」

何を、と言い掛けるネルだったが、その前に老執事は彼女へと手のひらを向けて口を止めさせ、言葉を続ける。

「あなたは、ご結婚なされた。そうである以上、本来ならば戦いの場からは退いてもいいのです。

にもかかわらず、こうして戦場へと連れ出してしまっているのは、我々の都合だ。あなたが危険に身を置く必要はない。故にあなたは、自らに危険が迫れば、我々を見捨てて逃げなさい」

目の前の老執事が、どうやら自身のことを案じてくれているらしいということを理解したネルは、フ、と微笑《ほほえ》みを浮かべ、彼の言葉に答えた。

「……レミーロさん、ありがとうございます、ですが、大丈夫です。結婚は僕が勝手にしてしまったことですし……僕には一つ、心に決めたことがありますので」

「心に決めたこと、ですか？」

「はい。僕は、死んでも生き残って、家に帰るんだって。そのために、勇者としての全力を尽くすのだと。本気になった僕はしぶといですから、そう簡単にやられはしませんよ！　それに、本当にどうしようもなくなって、マズいって時に逃げるための手段も、ちゃんと持っていますからね！」

強い芯《しん》を感じさせる様子でニコッと笑う彼女に、レミーロは目を丸くし、それから一つ苦笑を溢す。

「あなたは……本当に強くなられたようだ。わかりました、これ以上は何も言わないでおきましょう。——生きるために、戦いますよ」

「はい！」

「——久しぶりだね、あれを見るのも」

やがてネルの視界に映ったのは、異形のアンデッド達。

彼女が遭遇したのは、アーリシア王国の王都アルシルでの王城襲撃時と、魔界にて自身の旦那《だんな》と偶然出会った時の二度のみだが……グロテスクなものが苦手らしい旦那が見たら、きっと嫌そうな顔をするであろう、相変わらず気持ちの悪い見た目だ。

まず、一体一体が大きい。二メートル程はあるだろうか。

手も足も胴も、大木かと思わんばかりの太さがあり、首などは不自然に盛り上がり過ぎた筋肉で繋《つな》がっているせいで、かなり不気味な外観をしている。

手足の大きさもまた均一ではなく、おかしなくらい手が大きかったり、足が大きかったりしており、その筋肉の厚さを利用して現在も攻撃しているようだ。

一撃一撃で地面が大きく抉《えぐ》れ、エルフ達の造った建造物などが吹き飛んでいるのを見る限り、まともに食らいなんかすれば、そのままグチャグチャになって死ぬだろう。

ただ、最も厄介そうなのは攻撃力の高さではなく——彼らの、再生能力である。

こうして見ていても、攻撃を受け胴や腕などに深い斬り傷を作っても、数十秒後には開いた傷口がくっ付いて塞《ふさ》がっているのがわかる。

その再生能力は高く、今頭部を斬り落とされた一体が、バランスを失って地面に崩れ落ちるも、ウネウネと傷口の筋肉が気持ち悪く蠢くと同時、元あった場所に頭部が戻り、何事もなかったかのように立ち上がっている。

再生速度が速い。

以前見た個体よりも、能力は上か。

「シィちゃんも『再生』スキルは持っているけれど……いや、可愛《かわい》いシィちゃんとは、比べたくもない、ねっ！」

言葉尻《ことばじり》と共に、エルフ達を襲っていた一体を聖剣で深く袈裟《けさ》斬りにする。

すでに死体であるためか、血飛沫《ちしぶき》すら出ないものの、数歩よろける変異型アンデッド。

ただ、この一撃だけで仕留めきれるとはとても思えないため、ネルは同時にスキル――『武具創造』を発動する。

以前、ユキに貰《もら》ったスキルスクロールで覚えた、固有スキルである。

相応の魔力を消費することで、頭に思い浮かべた武器や防具であれば、一定時間の間ほぼ何でも生み出すことの出来るものであるが……ポンポンと新しい武器を生み出せる自身の旦那とは違って、そこまで自分が想像力豊かではないことは自覚している。

故にネルが頭に思い浮かべたのは、すでに存在している見たことのある武器――ユキが作った武器の数々である。

瞬間、彼が半分お遊びで作った、だが馬鹿みたいな威力を持った武器のレプリカを数本生み出したネルは、変異型アンデッドの再生を開始した傷口へと向かって次々に打ち込んでいく。

鬱陶《うっとう》しそうにグオンと振るわれる剛腕を、相手の身体《からだ》を蹴《け》ることで跳んで回避し――。

「……なるほど」

見ると、胴に刻んだ傷口は回復し切ってしまったが、しかし打ち込んだ武器は体内に飲み込んだまま。

体内の異物を、排除しようとする動きも見られない。

――レミーロさんのアドバイス通り、完全に倒し切るよりは、こうやって無力化していった方が楽そうだね。

アンデッドに対する最も効果的な攻撃は『聖魔法』であり、以前もそれを使って討伐まで持って行ったが、如何《いかん》せん今回は数が多過ぎる。

通常のアンデッドよりも聖魔法が効きにくい変異型アンデッドを倒すには、詠唱の長い高威力の魔法を使用する必要があるものの、一体にかまけていると、どんどん被害が増えていってしまう訳だが……頭を使えば、戦いようはあるということだ。

どうやら魔界にて、何度もこの変異型アンデッドと戦ったことのあるらしいレミーロの戦い方を理解したネルは、『武具創造』で生み出した刺突系の武器、レイピアを二本両手に持つと、再度距離を詰め、横薙《よこな》ぎに振るわれるラリアットを低く体勢を倒すことで回避。

そのまま敵の太い足の膝《ひざ》に突き刺し、股下《またした》を潜《くぐ》って抜けた後、背中を駆け上がって首を斬り落とす。

そして、その首の傷口にさらに生み出したレイピアを二本突き刺したのを最後に、ようやく彼女は距離を取る。

変異型アンデッドは……上手《うま》く、再生が出来ていない。

膝に刺したレイピアが動きを阻害し、そして首に縦に刺したレイピアが再生を邪魔しており、まるで壊れた魔道具のようにガクガクと動き続けている。

知能が低く、命令通りに動くことしか出来ないアンデッドでは、身体に刺さった武器を抜くという動作が出来ないのだ。

「ほう、『創造』系の魔法が使えるようになったのですか！　いつの間に」

「えへへ、僕もそれなりに鍛錬を続けてまして――って、レミーロさん、倒し切るのは難しいんじゃなかったんですか……？」

剣を振りながら、老執事の方を見て呆《あき》れたようにそう溢すネル。

どうやったのかわからないが……老執事の足元に転がっているのは、全身が斬り刻まれ、再生する様子もなく倒れている変異型アンデッドの一体。

「再生が間に合う前に細切れにすれば、どうにか、といったところですな。ただ、それなりに魔力を消費してしまいますので、この数相手ですと、少々キツいものがあります」

「……相変わらずですね、レミーロさん。――あ、これ、飲んでください」

飄々《ひょうひょう》とした様子で無茶苦茶なことを言う老執事に、少しだけ笑ってからネルは、ユキに貰っていた『収納』の魔法が発動出来る腰のポーチを開き、取り出した上級マナポーションを彼にポンと渡す。

「！　上級ポーションですか。よろしいのですか？」

「おにーさん――僕の夫に、たくさん持たされていますから、大丈夫です！　カロッタさん、こっちお願いします！」

「うむ、任せろッ！」

関節にことごとくレイピアを突き刺し、完全に動かなくさせた変異型アンデッドの一体を人間の部隊の指揮をしていた女騎士の上司に任せると、ネルは次の敵へと向かって行く。

――戦況は、五分五分である。

第一防衛線であった森と里との境界線上は突破されたようだが、エルフ達の対応が早く、そこに魔族と自分達人間が加わったことで、拮抗《きっこう》を保つことには成功している。

ただ……それはつまり、裏返せば押し戻すことが出来ていないということである。

やはり、アンデッドの数が多いのが問題か。

動きこそ鈍重だが、再生能力があるが故にタフネスで、高い攻撃力を持っているために一対一ではなく一対多数で囲んで戦うことを余儀なくされており、全体的にかなりギリギリのところで抑えている様子だ。

「っ、危ない！」

魔力の高まりを感じたネルは、瞬時に結界魔法の一つ『獄の結界』を発動し、変異型アンデッドの一体をその中に閉じ込める。

次の瞬間、結界の中で爆発が発生し、土煙で内側が見えなくなる。

「助かったぞ、人間の！」

「やるじゃないか！」

彼女に助けられる形となった魔族とエルフの兵士達が、口々に礼を言う。

彼らに軽く手を挙げて応《こた》えてから、彼女は仲間達の方へと声を張り上げる。

「レミーロさん、カロッタさん、僕は爆発を抑えるのを優先します！　援護をお願い出来ますか！」

恐らくこの場では、自分はそうするのが最善だと思うのだ。

「よかろう！　先代勇者殿、我々はネルの右を抑える、貴殿は左を頼めるか！」

「了解しました！」

そして彼らは、敵の真《ま》っ只中《ただなか》に斬り込んで行った。

◇　◇　◇

「ナフォラーゼちゃん、僕達は避難した方がいい。君も想像が付いているかもしれないが、敵には恐らく『空間魔法』を使える者がいる。この数の敵が、森というエルフの得意フィールドで、君達に見つかることなく潜んでいた、というのは考えにくい」

魔界王フィナルの言葉に、エルフの女王ナフォラーゼは、険しい顔で答える。

「……突如として軍勢が現れた理由は、やはりそれであるか。内部に直接送り込まれたか」

アンデッドの襲撃が始まってから少し経《た》ったことで、現在の状況は大まかにだが彼らまで伝わってきていた。

最初の爆発は、陽動だった。

そちらに目が向いた隙《すき》に、今度は別方向からアンデッドが現れ、攻撃が開始されたのである。

完全に、計算された攻撃であるということがわかる。

「しかし、たとえ空間魔法といえど、この規模を送り込むのは難しいはず……儀式魔法でも完成させたかの？」

「可能性はあるね。魔法の長《た》けた種を味方に付けたって情報は得ているから、そういうのが使える子達がいるのかもしれない。それに、彼らの攻撃がこれだけだとも思えない。最初の作戦で敵を混乱させ、二手目で本丸へと攻撃を仕掛けるというのは、悪魔族の子達がよく行う攻撃の手順だ。僕達がやられてしまっては、全《すべ》てが終わる」

「ふむ……わかった。アーリシア国王、ヌシからは何かあるかや？」

「いや、私からは特には。情けない限りだが、私は軍事はほとんど部下に任せきりで、あまり詳しくないのです。お二人の指示に従いましょう」

彼らの言葉に、ナフォラーゼは一つコクリと頷《うなず》き、口を開く。

「この大樹の下に、守護結界の張られた避難場所がある。外の守護結界が一度突破されている以上、そちらも完全に安全であるとは言い難いが……余らはそこに避難しよう」

それから彼らと護衛の者達は、「案内します、こちらに！」というエルフの兵士の案内の下、会議室の外の階段を降り始め——直後、彼らのいる大樹の壁が、爆発した。

轟音《ごうおん》。

全員の視界が、ホワイトアウトする。

爆風によって、身体が吹き飛ばされる感覚。

数多《あまた》のものが壊れ、四散し、叩《たた》き付けられる音。

「――無事ですか、皆様！」

最初に声を張り上げたのは、身体のあちこちが爆破で焼け焦げていながらも、咄嗟《とっさ》に魔法で障壁を張り、ある程度の爆風を防ぐことに成功したエルフの兵士。

煙が立ち昇り、周囲があまり見えない中、まず反応したのはアーリシア国王。

「ケホッ、ゴホッ……私は大丈夫だ！　フィナル殿、ナフォラーゼ殿！」

彼の呼び掛けに、返事はすぐに返ってくる。

「僕の方も大丈夫だ！」

「余も問題ない！」

「ふむ……流石《さすが》だな。不意を突いたと思ったが、重傷者は無しか」

その声が聞こえてきたのは、爆破で空いた大樹の大穴の向こう側。

煙が一つの人影を作り、やがて現れたのは――赤毛の、巨漢。

悪魔族の頭領、ゴジム。

魔界にて魔界王フィナルと争い、魔王ユキとも因縁のある男が、そこに立っていた。

「……ゴジム君。まさか、君自身がこんなところまで来るとはね」

「久しいな、フィナル。なに、ここ最近は退屈続きでな。たまにはこうして外に出たくなるのだ」

ゴジムは、あくまで静かな声でそう答える。

――赤毛の戦士は、異様な様相となっていた。

人一人分はあろうかというサイズの大剣、その刀身に刻まれた血管を思わせる赤黒い紋様が、まるで侵食するかのようにゴジムの持ち手にまで伸び、ドクンドクンと脈動している。

そして、どういう訳かその侵食された腕からは、剣へと流れ込むかのように、ゴジムの血が滴っていた。

「……これで見たのは二度目だけど、やはりその大剣は……」

「相変わらず耳が良いようだ。侮れん男だが――今日こそここで、死んでもらう、ぞッ‼」

魔界王の護衛である魔族達が突っ込んで来たのを見て取ったゴジムは、言葉途中で上段に大きく掲げた大剣を、ブオンと風切り音が聞こえる程の勢いで振り下ろす。

一撃。

だが、その一撃だけで、エルフ達が張った今しがたの大爆発すらも防いだ障壁は斬り払われ、発生した風圧がその場にいた者達全員を吹き飛ばす。

大剣を叩きつけられた床がドゴッ、と割れ、爆発でダメージが入っていたせいか崩壊を始め、全員が一階へと落下を開始する。

「これしき！」

自由落下の最中、瞬時に魔法を発動したのは、ナフォラーゼ。

風魔法を発動し、その場にいる者達の落下の勢いを和らげ、逆にゴジムには激しい暴風を浴びせ、吹き飛ばそうとするが……「ヌゥンッ‼」と振るわれた大剣により、その暴風もまた真っ二つとなり無力化される。

その場にいた全員が、無事に一階へと着地する。

「エルフの魔法か。見るのは久しいが、その程度か？」

「抜かせ、若造。この程度、挨拶代《あいさつが》わりに決まっておろう」

ゴジムの言葉に答えながら、ナフォラーゼはチラリと他の者達を確認する。

アーリシア国王、魔界王は護衛の者達が命懸けで守ったために、無事のようだが……代わりに護衛には、それなりに被害が出ている。

死者こそいないものの、落下の衝撃や瓦礫《がれき》などにやられたようで、ほぼ全員が大なり小なり怪我《けが》を負っているようだ。

動けるのは、六割か。

――まともに剣を打ち合わせていないのにもかかわらず、これであるか。

少しすれば、異変に気付いた者達が――いや、もうすでに部下達がこちらに向かって来ているだろうが、戦える者はほぼ全て里周辺の防衛に出してしまっているため、少なくとも応援が到着するには数分掛かると思われる。

だが……今自身が抵抗しなければ、応援が到達するまでの短い間に、この男がこちらを殲滅《せんめつ》し切ることは可能、か。

それだけの力があるということは魔界王から情報として教えられており、実際こうして対峙《たいじ》してみても、確かな圧力をひしひしと感じ取ることが出来る。

エルフの中で最も強いのは彼女自身であるが……それでも、本気で戦わねば、恐らくこの男は止められないだろう。

二人の王達に関しては、もはや気にしている余裕はない。護衛達に、任せるしかない。

素早く確認を終えたナフォラーゼは、状況の悪さを感じながらも、不敵に笑ってみせる。

「全く、余の里を無茶苦茶にしおって。覚悟は出来ておるんじゃろうな、若造」

「笑止。元より戦争とは、そういうものだろうッ！」

突撃を開始する、悪魔族の頭領。

その速度はすさまじく、重量を感じさせない鋭い突きが反応の遅れたナフォラーゼに突き刺さり
──刹那《せつな》、彼女の身体《からだ》が揺らいで消える。

「ぬッ！」

「どこを見ている」

横合いから声が聞こえると同時、ブシュゥ、とゴジムの肩口から血が爆《は》ぜる。

見えたのは、どこからともなく取り出した懐剣で、こちらの肩を薙《な》ぐエルフの女王の姿。

ゴジムは瞬時の反応で、突きに繰り出した大剣を横薙ぎに振るうが、しかしその彼女の姿もボワリと消え去り、次の瞬間には、自身の頭部目掛け迫りくる氷の槍《やり》が視界の端に映る。

上半身を逸《そ》らすことでギリギリ回避には成功し、というところで、いつの間にか正面にいたナフォラーゼに今度は太ももを斬り裂かれる。

そのまま、幻影か本体かわからない女王は、ゴジムの首筋に向かって懐剣を放ち──。

「小賢《こざか》しいッ‼」

「うぬっ……‼」

――ゴジムは、地面に大剣を叩きつけた。

ヒト種の者が放つとは思えない圧倒的な力に地面が陥没し、よろけたために魔法の操作に失敗したナフォラーゼの姿が、少し距離を取ったところにボワリと出現する。

「幻影魔法か。魔法は、無効化しているはずなのだがな」

「フン……余を誰《だれ》だと思っておる。大方、その呪《のろ》い憑《つ》きの魔剣が周辺の魔力を吸い取っておるのだろう？　そうとわかっておれば、やりようなどいくらでもある」

「正解だ。だが、魔法の精度が悪いな。俺の知る限り、エルフの女王は千差万別の魔法を放ち、対峙した者は訳がわからぬままあの世行きになるという。やはり、ある程度の影響はあると見える」

「安心することじゃ。しっかりとヌシの言葉通り、冥府《めいふ》へと送り届けてやる」

表情には余裕を浮かべ、憎まれ口を叩くが……しかしナフォラーゼは、内心では苦い思いを感じていた。

ゴジムの言う通り、魔法が上手《うま》く発動しない。

いつもならば、数十の幻影を生み出し、幾つもの魔法を同時に操って攻撃するのだが……今しがた発動したのは、幻影が一体に、姿隠しの魔法と氷魔法のみ。

魔力をいつものように練ることが出来ず、無駄なく魔法に昇華することが出来ず、強い抵抗がある中を無理やりこじ開けて発動するような感覚がある。

そう、彼女は今、力技で強引に魔法を発動している状況だった。

――この場に出現しただけで発動が難しくなるとは……余程、強力な魔剣のようであるな。

チラリと、ゴジムの持つ異様な大剣へと視線を送る。

見ているだけで不快になるような、悍《おぞ》ましい負の魔力が周囲一帯に放たれており、肌が総毛立つような感覚。

典型的な、『呪い憑き』だ。

里で最も魔法に精通している自身がこれだけ魔法の発動に苦労する以上、他の者達は一切魔法が使えなくなっていることだろう。

だが——だからといって、戦えない訳ではない。

「やれっ‼」

ナフォラーゼの合図の後、タイミングを見計らっていた護衛達により放たれる、弓の一斉射撃。

数十の矢が同時にゴジムへと向かって飛翔《ひしょう》し——それでも、悪魔族の頭領は焦りを見せない。

「喰《く》えッ、ルーインッ‼」

そうゴジムが叫ぶと同時、大剣の刀身が突如として口のようにガパリと開かれ、生き物のように一人でに動いて飛んでくる矢の全《すべ》てを飲み込む。

「なっ——」

「以前に比べ、俺も大分コイツの使い方に慣れてきてな‼　今ではこんなことも出来るのだッ‼」

そして、次の瞬間には刀身が倍以上に伸び、唖然《あぜん》と固まっていたせいで回避の遅れたナフォラーゼの片腕を食い千切った。

迸《ほとばし》る鮮血。

「ナフォラーゼ様⁉」

「死んでもらうぞ、エルフの女王ッ‼」

「くっ……‼」

どうにか片腕のまま迎撃しようとしているナフォラーゼに向かって、生き物のように蠢《うごめ》く大剣が大きく咢《あぎと》を開き——キン、と間に挟み込まれた剣が、その攻撃を弾《はじ》き飛ばす。

ゴジムの攻撃を防いだのは、里中央の爆発を見た瞬間前線から駆け戻っていた、ネルだった。

「ほう！　いつぞやの報告にあった人間の勇者か。娘、仮面の男は元気にしているか？」

「……おかげさまでね。君を絶対に倒すって、張り切ってたよ！」

そう言いながら彼女は一気に距離を詰めると、相手に間を与えぬためにそのままの勢いで斬りかかる。

目にもとまらぬような速さの斬撃の嵐《あらし》に対し、しかしゴジムは押し負けることもなく攻撃を受け切り、回避し、隙あらば反撃を繰り出す。

鳴り響く甲高い剣戟《けんげき》の音。

数秒の間に交わされる、濃密な攻防。

一つ油断すれば、それがそのまま命とりになるような緊迫した戦いの最中《さなか》であったが……ゴジムは冷静に周囲の観察をし、状況が悪化していることを理解していた。

エルフの里の防衛に回っていたはずの兵士達がこちらに戻りつつあり、いつでも援護に入れるようにと武器を構えているのが視界の端に映る。

――少し、時間を掛け過ぎたか。

恐らくは、囮に放ったアンデッド兵の大部分を排除され、向こう側に余裕が出ているのだろう。

ならば、これ以上ここにいるのは、無駄な危険を増やすだけで意味がない。

わざと中段に大振りの斬撃を放ち、勇者の娘が一歩距離を取ったところで、ゴジムもまた後ろに下がる。

「……フン、ここまでか。人間の娘よ、楽しかったぞ」

そう言って悪魔族の頭領は、懐から魔道具らしい何かを取り出す。

それは、ユキが使うダンジョンへの帰還装置によく似た装飾品であり――。

「っ、逃がさないっ‼」

ネルは瞬時に自身の魔力の大半を聖剣へと流し込み、以前よりかなり成長した魔力操作で迅速に『魔刃』を発生させ――が、どういう訳か思っていた以上に魔刃への収束が上手くいかず、余計な被害を出さないために一点集中させて放つつもりの魔力が手元で暴発しそうになり、慌ててゴジムへと放つ。

ゴジムが持つ魔剣、トートゥンド・ルーインにより魔力制御が乱されたのだ。

刹那発生する、激しい閃光《せんこう》と特大の破砕音。

驚愕《きょうがく》の表情を浮かべたゴジムはそれに飲み込まれ、勢いよく吹き飛ばされたところで魔道具が発動したらしく、姿が消える。

最後に閃光が消え去った後、そこには大きく抉《えぐ》られた大地だけが残っていた。

「うわっ……よ、よし、計画通り！」

ちょっと動揺した様子で、そんなことを言う勇者の少女。

いや、嘘《うそ》つけ、とその場の誰もが思った。

◇　◇　◇

吹き飛ばされながら転移したゴジムは、そのまま派手な音を発して転移先の建物の壁をぶち破り、設置されていた幾つかの魔道具を巻き込み、ようやく停止する。

「……全く、無茶苦茶な娘だ」

瓦礫の中、額から血を流しながら痛む身体《からだ》を起き上がらせ、思わず一つ苦笑を溢す。

「と、頭領！　ご無事ですか⁉」

慌てて寄ってくる待機していた部下達に、ゴジムは生み出した空間の亀裂の中に大剣をしまいながら、静かな口調で答える。

「問題ない。デレウェスはいるか」

「ハッ、ここに」

ススス、とすぐに現れる一人の魔族の男。

「こちらの作戦は成功した。お前達の方の進行状況は」

「頭領に派手に暴れていただいたおかげで、今のところはこちらの動きは気取られていません。全て順調に進んでおります」

「フン、ようやく、フィナルに一杯食わせることが出来たか。そのまま作戦を進めろ、迅速にな。あの男ならば、こちらの動きの不可解さをすぐに感じ取って、何かしらの策を講じてくるだろう。全ては速さが命だ」

「……ハッ、お任せを」

デレウェスは、少しだけ遅れて、そう返事をする。

悪魔族達の副司令である彼は、自らの頭であるゴジムとは、長い。

故に、「気難しい」と部下達が言う頭領の感情の機微が、それなりにわかってしまうのだ。

ゴジムが敵であるはずの魔界王フィナルの名を呼ぶ時、微《かす》かな親しみが混じるということを。

彼が今、フィナルに対する憎まれ口を、部下に聞かせる目的でわざと叩《たた》いたのだということを。

だが、それでもゴジムに対し、デレウェスが何かを言うことはない。

「それと、頭領。問題なくはありませんので、早めの治療を。その様子ですと骨も折れていらっしゃるでしょうし、『トートゥンド・ルーイン』に侵食され続けた右腕も、処置をしないと斬り落とす羽目になりますぞ」

「……わかっている」

面白くなさそうに鼻を鳴らし、ゴジムは医療班の下へと向かって行った。

◇　◇　◇

レフィの特訓に付き合った後、リューに呼ばれて居間である真・玉座の間まで戻った俺は、俺専用作業机に置いてある通信玉・改をすぐに起動し――。

『――やぁ、ユキ君。久しぶり。元気にしてたかい？』

「……何でお前が出て来んだ」

――聞こえてきたのは、ネルのものではない声。

俺の記憶違いでなければ……この声と喋《しゃべ》り方は確か、魔界の王である、フィナルのものだ。

『君と連絡が取れるツールを君のお嫁さん、勇者ちゃんが持っているって言うから、少しだけ借りさせてもらったんだ。君と話がしたくてね』

と、その言葉の後に、聞き覚えのある我が嫁さんの声が聞こえてくる。

『おにーさん、ごめんね、突然。どうか、力を貸してほしい。詳しいことは魔界王様が説明してくれるから、話を聞いてほしいんだ』

「……まあ、お前がそう言うなら話は聞くが」

『うんうん、仲が良いみたいだねぇ。魔王の君と勇者ちゃんが夫婦と聞いた時は面白いものだと思ったけれど、中々ラブラブなようで何よりだ』

「切るぞ」

『ははは、ごめんごめん、冗談だ』

相変わらずの様子で楽しそうに笑ってから、魔界王は言葉を続ける。

『それじゃあ、手短に僕らの現状を言おう。エルフの里で、僕と、人間の王と、エルフの女王で会談をしていたら、君とも因縁のある悪魔族の子達に襲撃を受けた。それ自体は、みんなのおかげで撃退出来たんだけれど、どうも一杯食わされたみたいでね。ちょっと面倒なことになっちゃった』

エルフの女王……以前、魔界にて会った彼女だな。

人間の王は、ネルがいることから考えて、まず間違いなくアーリシア国王だろう。

なるほど……ネルが言っていた『大規模遠征』というのは、これのことか。

そして――悪魔族。

「面倒ってのは？」

『うん。エルフの里周辺に、悪魔族の子達が放ったとっても強い魔物がうろついていてね。――ア、アンデッドドラゴンだ』

「何じゃと……？」

一緒に戻り、俺の隣で話を聞いていたレフィが、眉根《まゆね》を寄せる。

「それは……そのまま、龍族のアンデッド、か？」

『そうだよ。どこかにあった龍族の死骸《しがい》を掘り起こして、死霊術で蘇《よみがえ》らせたらしい。アンデッドである以上、生きていた頃《ころ》よりは弱くなっているはずなんだが……少しだけちょっかいを出してみたら、地形が変わっちゃってね』

……死体を兵隊に、か。

死してなお、その者を戦わせることが出来るのならば、それは為政者にとって夢の部隊だと言えるだろうが、その領域に手を出すのは死者に対するとんでもない冒涜《ぼうとく》だろう。

別に俺は信心深くも無いし、何らかの確固たる宗教観を持っている訳じゃないが……単純に、気持ちが悪い。

『どうにか排除しないといけないんだけど、僕達だけで討伐しようとしたら、被害がとんでもないことになりそうでね。でも、君は以前に成龍を倒しているだろう？　だから、手を貸してほしいんだ。無論、僕らの命を救ってくれることに対する対価は、十分に払おう』

「……とりあえず、話はわかった。ネルに代わってくれ」

『いいよ。ネル君、交代だよー』

全然焦った様子のない、のんびりした口調の魔界王の声の後、ネルの声が聞こえてくる。

『代わったよ、おにーさん』

「ネル、お前にケガはないか？　襲撃を受けたんだろ？」

『大丈夫！　僕は魔王のお嫁さんだからね。ちょっとやそっとの襲撃で、ケガを負ったりなんかしないよ！』

本当に元気そうな声で、そんな言葉が返ってくる。

……心配させないようにしているのだとしても、この様子ならば、大丈夫そうだな。

「わかった。なら、すぐにそっちへ向かおう」

『ごめんね、おにーさん。巻き込んじゃって……』

「気にすんな。お前は俺の大事な嫁さんだからな、当たり前のことだ」

俺の嫁さんがピンチ。

ならばどんな時でも助けに行くのは、決定事項だ。

「お前のいるところは大体通信玉・改のおかげでわかるが、こっから飛んでくとなると、どれくらい掛かるかわかるか？」

『ええっと……このエルフの里は、魔界のちょっと下辺りにあるんだ。だから、おにーさんが飛んできたら、二日か、三日掛からないくらいだと思う！』

「よし、なら二日で行こう。待ってろ。そっちは無理なことをして、被害を増やさないよう気を付けてくれ」

『わかった！　——ありがとう、おにーさん。大好きだよ！』

その通信を最後に、通信玉・改から声が聞こえなくなった。

「よし……という訳だ、お前ら。俺はすぐにでも準備してこっちを出る」

「儂《わし》も行こう。相手は屍《しかばね》であったとしても、龍族。万全を期すならば、儂も行くべきじゃろう」

「……わかった、頼む。リュー、レイラ。いつも悪いな、こっちのことは頼んだぞ」

「任せてくださいっす！　ピンチの時は助け合うのが家族っすから！　ね、レイラ」

「はい、お任せをー。何かありましたらすぐに連絡しますから、こちらのことはお気になさらずー」

グッと拳《こぶし》を握り締めるリューに、頼もしい微笑みを浮かべるレイラ。

俺は一つコクリと頷《うなず》き、『遠話』を発動してペット達を草原エリアまで呼び寄せ、そして遠出の準備を始めた。

◇　◇　◇

「さて……これで、状況を打開する目途は立ったね」

「……まさか、あの男が魔王だったとは……」

「あれ、知らなかったのかい？　聖騎士のおねーさん。面識はあるんだろう？」

不思議そうな魔界王の言葉に、女騎士団長カロッタはコクリと頷く。

「ええ、彼があまり、正体を知られたくなさそうだったので、我々も詮索《せんさく》しないようにと気を付けておりましたから。非常に有能な味方である以上、藪《やぶ》をつついて蛇を出す訳にはいきませんでしたので……」

「あはは、なるほどね。出て来たのは蛇どころか、大災害級くらいはありそうな大蛇だった訳だ」

「あ、あの……カロッタさん……」

不安げな顔をするネルに、カロッタは一つ息を吐き出して答える。

「いい、何も言うな。お前が黙っていた事情もよくわかるし、仮面自身自らの正体がバレると支障が出ると考えていたから、最初は顔を隠していたのだろう。だが、それでも奴《やつ》は我々のために様々な協力をしてくれた。ならば、何も言わん。恐らくは陛下も知っていらっしゃったのでしょう？」

「あぁ、知っていた。すまぬ、国の恩人が人間ではないとなると、色々と不都合があったものでな」

答えるのは、アーリシア国王レイド。

「仰《おつしや》りたいことはわかります。ようやく落ち着いた政争が、再度ぶり返すような事態は好ましくない。私も、このことは聞かなかったことにしておきましょう」

「うむ、助かる」

「カロッタさん……ありがとうございます！」

「全く……流石《さすが》に驚いたぞ、ネル。ま、あの男の、ちょっとおかしな強さを考えてみれば、納得ではあるがな」

そう言って、カロッタは苦笑を溢した。

「ふむ……？　魔王というのは、もしや余も知っておる魔王のことであるかの？」

と、彼らに問い掛けるのは、エルフの女王ナフォラーゼ。

「そうだね、ナフォラーゼちゃんも知ってる魔王ユキだよ。この人間の勇者ネルちゃんが彼のお嫁さんなんだ」

「あの者の伴侶《はんりよ》は、覇龍であったと思うが、二人目の伴侶ということかの？」

「そうそう、そういうこと」

「え、えへへ……」

ちょっと照れくさそうにするネルに対し、面白そうな顔をするナフォラーゼ。

「ふうむ、人間の勇者を嫁にするとは、やはりあの男、やるようであるの……と、そうだ、感謝するぞ、勇者よ。余が片腕を失ったままでは、エルフの守りの戦力は激減する。この礼は必ず」

ゴジムの魔剣に腕を食い千切られたナフォラーゼであったが、ネルがユキに持たされ、所持していた上級ポーション――エリクサーによって、その腕は完全に回復していた。

小さくだが、しっかりと頭を下げる彼女に対し、ネルは笑って答える。

「いえ、礼は大丈夫です。その分、僕達人間と仲良くしていただければ、幸いです」

「クックッ、そうか。これは一枚、強いカードを与えてしまったようであるな、アーリシア国王よ」

「私としては、後程彼女にどのような褒美を渡せば良いか、悩ましいところですな。あのポーションは、彼女自身の持ち物である故」

「それは確かに悩ましいのう。どれ、余が褒美に適当なシロモノを譲ってやろうか」

「……ナフォラーゼ殿、それはつまり、間接的だが貸し借りがゼロになるということだろう？　遠慮させていただこう」

「おっと、気付かれてしもうたか」

困り気味の笑みを浮かべる彼にからからと笑い、それからエルフの女王は魔界王へと言葉を掛ける。

「それで……フィナルよ。あの魔族が使っていた剣、あれは何なのじゃ？　ヌシは、ある程度情報を得ておるのであろう？」

「全《すべ》てを知っている訳じゃないけどね。あの大剣は『トートゥンド・ルーイン』という名の、災厄級にも分類されたことのある呪《のろ》いの魔剣だ。記録には、四代前の魔界王の治世で出現が確認されている」

「四代前というと……千七百年近く前であるな」

――レフィが生まれるよりも、さらに前の時代。

ネルは脳裏でそんなことを考えながら、魔界王の説明に耳を傾ける。

「そうだね、その頃《ころ》だ。血を吸い、斬った者の恨みや憎しみを吸い、それを糧にして成長する。まあ、呪いの魔剣っていうのは、大なり小なりそういう性質はあるんだけれど――あの大剣は、話が別だ」

その成長の仕方は、異常である、と魔界王は説明を続ける。

とんでもない大食らいであり、際限なく負の魔力を溜《た》め込み続けることが可能で、加速度的に能力が向上していくのだ。

そして、自らの成長の糧を得るため、その所有者には必ず戦乱がもたらされ、理性を奪い、血と戦いに溺《おぼ》れさせ、殺戮《さつりく》を続けさせるのだという。

まるで、寄生虫が宿主を操るかのように。

また、食らった相手の強さによってステータスの伸びが変化し、最終的には、災厄級の名を冠する程の力へと至るそうだ。

「当然、その使用者に代償はある。ゴジム君はまだ理性が大幅に残っているようだったから、剣に心を奪われている訳ではないんだろう。強靭《きょうじん》な精神力だけど……それでも、恐らく彼の命は、残り少ないのだろう」

そのことを、魔界王は魔剣の状態から気付いていた。

以前、魔界の闘技大会で見た時と比べ、生き物かのように蠢《うごめ》いていた刀身。

柄を握るゴジムの腕は侵食され、ダラダラと血を垂れ流していたのも見ている。

魔力的にも身体的にも、ゴジムが魔剣に食われ掛けているのだ。

「……自らの命を削りながらなお、目的を達成するために動く、か。厄介ですな」

「そうだね。古来より死を覚悟した兵士は、強い」

ポツリと呟《つぶや》くアーリシア国王レイドに、魔界王はコクリと頷く。

「……とすると、今回の襲撃の目的は、余の血肉を得ることか」

「あわよくば僕らの殺害も目論《もくろ》んでたんだろうけど、その可能性は高いね。ナフォラーゼちゃんの力は、歴代エルフ王の中でも飛び抜けて高いと聞いてるから、武器の力を伸ばす糧とするならば、良い素材だろう」

「フン……舐《な》めた真似《まね》をしてくれたものであるの。余を素材扱いか。そうやって頭が身体《からだ》を張って動いている内に、他の部下どもが――アレを用意して、余らをここに足止めする、と」

彼らが視線を送る先に見えるのは――エルフの里の外をグルグルと飛び回っている、一目見ただけで生きてはいないことが窺《うかが》える龍族の成体。

肉は削《そ》げ落ち、ほぼ骨のみの風貌《ふうぼう》だが、窪《くぼ》んだ眼窩《がんか》の奥でギョロギョロと動く眼球が獲物を探し続けており、非常に不気味だ。

現在は里に張った、森に同化し里全体の姿を隠す『擬装結界』があるため見つからずにいるが、この結界内から一歩でも外に出ると、即座にあの怪物が急降下を開始し、暴れ始めることが確認出来ている。

その調査の際、ギリギリで結界内部に退避することで怪我人は出なかったものの、余波で森の一角が消し飛んだ。

アレを討伐するとなると、どれだけの戦力が必要になることか。

「ユキ君が来てくれるってことで、安心材料は増えたけど……問題は、彼が到着するまでの間だ。今回は悪魔族の子達、何重にも策を練ってきているようだからね。僕らがここで足止めされる時間が長くなれば長くなるだけ、こちらが不利になっていくし、更なる策を打たれてしまう可能性もある。だから、ユキ君が到着するまでに、僕らもやれるだけのことはやろう――」

◇　◇　◇

『……ネル、大丈夫かな』

刀状態に戻ったエンから流れ込んでくる心配そうな念話に、俺は安心させるため笑って答える。

「大丈夫さ。アイツ、最近どんどん強《したた》かというか、精神的な面でも肉体的な面でも強くなっていってるからな。ちょっとやそっとのことじゃあ全く問題ないだろうさ」

「そうじゃのう……彼奴《あやつ》は、嫁の三人の中じゃと、この男の影響を最も受けておるからな。図太いこの男の」

「何を言う。俺程繊細でピュアな心の持ち主も、昨今じゃいないって近所で有名なのに」

「お主が繊細ならば、この世に図太い者は誰一人としておらんくなるし、そもそもどこの近所じゃ、どこの。儂らに近所は存在せんぞ」

そうね。

強いて言うならば、魔境の森に住む龍族達ね。

一つ山脈挟んだ向こう側だけど。

『……わかった。ネルを信じる』

「あぁ、我が家の頼れる勇者を信じよう。──と、エン、寝ててもいいぞ。向こうに着くまでまだ時間が掛かるし、遊んでたところをそのまま連れて来ちゃっただろ？　疲れてるんじゃないか？」

いつもの如《ごと》く、エンにも付いて来てもらっているが、すでに陽《ひ》は落ち月が出ている。

今までは夜にしっかりと休んでから翌日に家を出るようにしていたが、今回は緊急事態であるため、連絡を貰《もら》ってそのまま出て来ているのだ。

時間帯的に、いつもならば就寝準備をしている頃だろう。

ネルはエルフの里に着くまで二日か三日かかると言っていたが、少しでも時間を短縮するため、俺達は一睡もしないで飛び続けるつもりだ。

二日三日くらいならば、寝なくても大丈夫な体力が俺とレフィにはあるが、それをエンにまで求めるのは酷だろう。

『……大丈夫。一大事だから』

「そうか……ありがとうな。けど、無理はしないでいいからな」

「そうじゃぞ、まだ勝負時でもない。気合を入れるのはもう少し後で良いぞ」

『……ん、わかった』

ポンポンと彼女の柄頭を撫《な》でると、嬉《うれ》しそうな感情が返ってくる。可愛《かわい》い。

「リル、お前の方も頼むぜ」

「グルゥ」

下で俺達と並走しているリルが、「お任せを」と言いたげな様子で一つコクリと頷《うなず》く。

レフィがいる以上、何も問題は無いと思うが……念のためというか、俺を含めた手駒を増やす目的で今回はコイツも連れて来ている。

どうも詳細を聞く限り、悪魔族が暗躍しているようだし、何があっても対応出来るようにという判断だ。

その分ダンジョンの方の守りが大分薄くなってしまっているので、魔境の森中に張った無数の罠《わな》を全てアクティベートし、我が家に繋《つな》がる洞窟《どうくつ》も外に設置してある扉も封鎖し、何か異変があればすぐにこっちに連絡するようにとレイラとリューに厳命してある。

残りの我がペット達も、外ではなく草原エリアに留まってもらうことにした。

居残りの大人組にダンジョンの一部権限も渡してあるので、あそこを回していくことに関しては問題ないだろう。

「それにしても、アンデッドドラゴンか……レフィ、さっきの通信の様子からして、何か心当たりでもあるのか？」

そう問い掛けると、彼女は険しい表情で答える。

「……ユキ。龍族は、お主も知っておる通り簡単には死なぬ。元々種族としての数も多くないこともあり、二百年に一体死ぬかどうかじゃろう。お主が黒龍の阿呆《あほう》を殺したような例外は除いての」

「つまり……アンデッドの素体となる死体自体が滅多に出ないってことか？」

「うむ。寿命でくたばるような龍は、それぞれが長く住んだ土地か、誰も知らぬ荘厳な地で、人知れず天へと昇ることが多い。加えて、龍族は魔素と親和性が高いため、骨もすぐに大地へと還《かえ》る。故に、龍族の肉体がアンデッドになることは滅多にないが……今は少し、話が別じゃ」

「……なるほど。龍の里を出たっていう、若い龍達か」

龍の里へ行った時、古龍の長老が、黒龍の他にも若い衆が何匹か里を出たと言っていた。

もしかすると、アンデッドドラゴンの素体となった龍は、その者達かもしれないとレフィは思っているのだろう。

「可能性は高いじゃろう。そうでなかった場合としても、静かに生きて死んだ同胞の墓を荒らした訳じゃ。儂《わし》は、龍族という種が嫌いであるが、だからと言うてそのような舐めた真似をされれば……腹も立つ」

珍しく憤った様子を見せてから、レフィは一つため息を吐き出す。

「と言うても……阿呆の小僧どもが、ヒトの世界で好き勝手暴れ、討伐された骸《むくろ》が使われているというのも重々考えられるがの。彼奴らはあの黒龍に感化されておった訳じゃからな」

……確かに、そういう可能性もありえそうだな。

「……まあ、どうであるにしろ、死体になってまで兵器として使用されているってのはちと不憫《ふびん》だし、俺もお前も死霊術が嫌いな身だ。さっさと土に還してやるのがいいさ」

「……そうじゃな。迷惑を掛けておる同族を、さっさと眠らせてやろう」

◇　◇　◇

ユキ達が魔境の森を後にしてから、数時間後。

「……む？」

いつ何時状況が変化しようが対応出来るようにと、エルフの里にある高台で外の警戒を行っていた先代勇者の老執事――レミーロは、ピク、と表情を動かす。

馬車だ。

まだかなり距離があるが、エルフの森の中を荷馬車が走っている。

一瞬敵かと思ったが……高台に備え付けられていた『遠見の水晶』で確認してみると、どうやら運転している御者は、人間。

見る限りではどうやら、悪魔族達が森に放った変異型アンデッドの生き残りの一体に追われているようで、必死に逃げ惑っている様子が窺える。

変異型アンデッドは、足が遅い個体が多いのだが……あの個体は、脚力も持っているということか。

——近くの街の行商人でしょうか？

このエルフの里がある森は広範囲に広がっているが、しかし馬で一日もしない範囲に、大きな人間の街が一つある。

古くからエルフ達と交易を行っており、今でも温和な友好関係が続いているため、今回の会談においてもその街の領主の協力が大きな助けになった。

飯のタネは逃さないという商人気質《かたぎ》のトップであるため、街全体も商売っ気が強く、商人の数が多いのだが……。

「……とりあえず、助けましょうか」

そう考え、彼は上空へ顔を向ける。

問題は……あのアンデッドドラゴンだ。

里に釘付《くぎづ》けになっているために、まだあちらには気付いていないようだが、このままでは変異型アンデッドのみならず、あの屍龍《しりゅう》にも彼らが襲われるのは時間の問題だろう。

だが、今里から外へと出れば、まず間違いなくこちらが襲われる。アンデッドドラゴンに襲われながら荷馬車も救うなどというのは、流石に無理だ。

厄介な上空のデカブツを、どうにか他の方向へ釣り出す必要がある。

「……あまり彼女を、危険な目にはあわせたくないのですが……協力をお願いするしかありませんか」

すばやく判断を下したレミーロは、高台の柵《さく》に手を置くと、そのまま一気に下へと飛び降り、勇者の少女の下へと向かった。


「――本当に、無理はしないよう頼みます。危険だと思ったらなりふり構わず逃げてくださいね？」

「任せてください、レミーロさん。しっかり時間稼ぎ、してきますから！　――さ、お願いね？」

「グルルゥ！」

人助けと聞いて快く囮《おとり》を引き受けてくれた勇者の少女が、『ダイアウルフ』という狼《おおかみ》型の魔物に乗りながら、馬車が襲われている方向と反対側へ向かって走り去る。

彼女が現在乗っているあの魔物は、エルフの女王本人が従魔として飼っている個体だ。

警戒心が強く、プライドも高く、主人に命令されたとて、主と認めた者以外を背に乗せるような種ではなかったと思うのだが……あの少女に対しては、何故か非常に従順である。

エルフの女王自身、「其奴《そやつ》を乗りこなせるのならば、貸してやるが……」などと前置きしていたところを見るに、本当に乗りこなせるとは思っていなかったのだろう。

驚いた様子であんぐりと口を開けていた姿が、今でも脳裏に残っている。

背中に飛び乗り、軽く調子を確かめている時も、何だか手慣れた様子で乗りこなしていた。

以前にどこかで、狼型の魔物の乗り方でも覚えたのだろうか。

「……若い者というのは、少し見ぬ間に瞬く間に成長するものですね」

自身の老いを感じ、一つ苦笑を溢す。

――ただ、あの魔物ならば、アンデッドドラゴン相手でも不足はありませんか。

彼女の姿が見えなくなり、少しして結界の外へと出たのか、上空のアンデッドドラゴンが非生物的な動きで突如グリンと身体《からだ》を方向転換させ、勇者の少女が去った方向へと一直線に向かって飛んで行く。

あの少女ならば、上手《うま》く囮をこなしてくれるだろうが……早々に、こちらを片付けねば。

アンデッドドラゴンの動きを確認した後、即座にレミーロは馬を疾駆させ、襲われている馬車へと駆けていく。

向こうも里へ向かって走っていたからか、レミーロの前方に彼らが見えたのは、数分後。

焦った様子で荷馬車を走らせる商人風の御者と、荷馬車の横を固め、迫る変異型アンデッドへと牽制《けんせい》程度に攻撃を仕掛けている、馬に乗った二人の冒険者達の姿が彼の視界に映る。

「そのまま先へ‼」

すれ違いざまに言い残し、レミーロは馬の背中を蹴《け》って空中へ身を躍らせると、そのまま変異型アンデッドへと飛び掛かった。

このアンデッドは高い再生能力を持っており、剣は相性が悪いのだが――だからといって、戦えない訳ではない。

要は、再生が追い付かないところまで細切れにしてしまえば良いのだ。

究極の脳筋戦法を選択したレミーロは、もはや腕の動きが見えぬようなとてつもない速さで、抜き放った剣を一閃《いっせん》。

同時、ドスンドスンと地を踏み荒らしながら走っていた変異型アンデッドの両腿《もも》が丸々切断され、ガガガと地面を削りながら吹き飛ぶようにして倒れる。

その隙を逃さず、レミーロは次に両腕を斬り落とし、首を斬り落とし、胴を数十のパーツへと斬り刻む。

変異型アンデッドの再生が開始し、まるでそれぞれが生きているかのように肉片がウネウネと蠢《うごめ》き始めるが——ここまで刻んでしまえば、もはや彼の敵ではなかった。

一つが、二つに。

二つが、四つに。

四つが、八つに。

老執事が剣を一度《ひとたび》振るえば肉片が量産され、念を入れ、という彼の警戒からその神速の剣は止まることなく振るわれ続ける。

——やがて、一分もせずに百には達するだろうかという数の肉片へと変貌《へんぼう》した変異型アンデッドは、全く動かなくなっていた。

「お、おぉ……あ、ありがとうございます、ご老人！　た、助かりました……‼」

荷馬車を止めたようで、降りてきた御者がレミーロへと近付き、命を救われた安堵《あんど》からか何度も何度も頭を下げる。

彼の護衛であろう二人の冒険者達もまた馬を降り、口々に礼を言う。

「助かったぜ、ご老人。情けないことに、俺達の攻撃が全然効かなくてな……」

「危うく、死ぬところでした……命を助けていただき、感謝します」

「いいえ、お気になさらず。無事なようで何よりです。――タイミングの悪い時にお越しになってしまいましたね。エルフの里には、交易で？」

「ええ、そのつもりだったのですが、途中であの気味の悪いアンデッドに襲われまして……あぁ、怪しい者ではありません。許可証もちゃんとありますので。後ろの二人も、私が専属で雇っている冒険者達です」

人の好《よ》さそうな笑みを浮かべ、懐から印章の押された封筒のようなものを見せる行商人。

「あぁ、なるほど……」

「なぁアンタ、もしかしてどこかの高名な騎士様だったりするのか？　名前を聞いても――」

――レミーロは剣を振るい、言葉途中のその冒険者を斬り刻んだ。

鮮血を迸《ほとばし》らせた冒険者は、一瞬で絶命する。

「ッ⁉　何を⁉」

「き、貴様⁉」

突然の凶行に狼狽《うろた》える、行商人ともう一人の冒険者。

「あなた達、間者ですね。向こう側にも、人間の協力者がいましたか。どこの国の者か、どのような内部工作をするつもりだったのか、お教えいただきましょう」

「なっ、我々は――」

「墓穴を掘りましたね。確かにその許可証は、エルフの里との交易を許された行商人だけが持てるものですが、現在里は立ち入り禁止であると通達されているはずです。連絡の行き違いはあり得ません。どこからか盗んだか、誰かを殺して奪ったか。確実を期したつもりだったのでしょうが……まだ野良《のら》の商人と仰《おつしや》るならば、私も殺しまではしなかった」

「馬鹿な、そんな不確かな理由でこのような凶行ッ、許されると思っているのか⁉」

「ふむ。ならば、もう一つ教えて差し上げましょう。その許可証、登録者が魔力を流すと淡く光るのです。故に、正式な行商人はその封筒を見せると同時に、一度光らせてみせる。自身がモグリでないと示すために。——あなたは、それをしなかった」

「「………」」

レミーロの言葉を聞いた途端、激高していた二人の男達はス、と表情を消し、それぞれ武器を抜き放つ。

纏《まと》う雰囲気が一瞬で豹変《ひようへん》し、まるで氷のような冷たいものとなる。

もう、演技をしても無駄だと悟ったのだろう。

「全く、あなた方のせいで、ネルさんに無駄な危険を冒させてしまったではないですか。後で彼女の旦那《だんな》に怒られたら、あなた方のせいですから、ねッ——‼」

レミーロは、男達へ斬りかかった。

◇　◇　◇

飛び続けて一昼夜が経《た》ち、さらに月が地平線の彼方《かなた》に消え、東から太陽が昇って少し経った頃《ころ》。

「むっ……誰か飛んでおるの」

レフィの見立てで、エルフの森まで残り数時間だろうという地点。

隣を飛んでいた彼女が、遠くへと目を凝らしながらそう言った。

「……俺はまだ見えないな。一人か？」

「いや……恐らく、どこかの部隊じゃな。確か――……編隊飛行と言うのじゃったか？」

……なるほど、隊列を組んで飛んでいるのか。

「魔族か？」

「まだぼんやりとしか見えておらんが、その可能性は高いじゃろう。翼持ちの種は、魔族以外には多くない」

となると、魔界王の部下か――それとも、悪魔族か。

「……警戒した方が良さそうだな」

俺は、アイテムボックスの中で休憩させていたエンを取り出す。

『……ん、着いた？』

「いや、まだだ。ちょっと敵っぽいのを発見してな。念のため、一緒にいてくれるか？」

『……任せて』

警戒を強めながら、彼女らと共に先へ飛んで行くと、やがて俺もまた前方に人影のようなものが見えてくる。

人数は、四人。

まだはっきりと見えている訳ではないが、やはり魔族であるようで、角や尻尾《しっぽ》を生やした完全武装の者達が、隊列を組んで俺達と同じ方向――エルフの里方面へと向かって飛んでいる。

と、向こうもまた近付く者の存在に気が付いたらしく、即座に全員がこちらを振り返り、各々武器を引き抜いたのが視界に映る。

あの様子だけ見ても、相当に練度は高そうだ。

「リル、お前は身体を小さくして森の中に潜んでろ。もし戦闘になったら、そっちから奇襲を仕掛けてくれ」

「グルゥ」

下を走っているリルにそう指示を出し、俺達はその集団へどんどんと接近していき――。

「――止まれ！　この先は現在立ち入り禁止だ。何が目的でエルフの里へ向かっている？」

お互いがしっかりと視認出来る距離になったところで、魔族の一人が誰何《すいか》の声を発する。

ステータスを見る限り、きびきびした動きからもわかっていた通り、それなりに強い。

精鋭に分類されるだけの能力はあるだろう。

種族は『ガルディアン・デビル』で、クラスは『近衛隠密兵《このえおんみつ》』。

となると……コイツら、魔界王の部下か。

相手をよく知らない以上、敵の可能性も勿論《もちろん》あるだろうが……とりあえず、会話をする方向で良さそうだな。

俺が警戒を弱めたのを見て、隣のレフィがふと力を抜くのがわかる。

「アンタら、魔界王の部下だな？　俺達も、エルフの里にいる魔界王に呼ばれて、そっちに向かってる。どこぞのアホが龍族のアンデッドを放ったそうだから、その撃退が目的だ」

「……それを信ずるに足る根拠は？」

冷や汗をダラダラ流しているが、もしやレフィの強さに気付いているのだろうか。分析スキルを持っている訳ではないようだが、人間以外の他種族はそういうのに敏感だしな。

いや、むしろ魔界王の部下である以上、それがわからない方が問題か。

「そんなものはない。お互い顔見知りでも何でもない以上――って、やっぱちょっと待て。もしかするとあるかもしれん」

俺はアイテムボックスを開くと、二枚の封書を取り出す。

――アーリシア国王と、魔界王にそれぞれ貰《もら》った封書である。

彼らと会った時に、俺の今後の身分証代わりとして渡されていたものだ。

「！　それは……」

「人間の王と、アンタらのところの王に貰ったものだ。これで信じてくれるか？」

その俺の目論見は、上手くいった。

「……なるほど、あなた方が……失礼致しました。陛下のご友人であられましたか。非常事態の措置故、お許しをいただきたく」

何事かを呟《つぶや》いた後、四人部隊の中で部隊長らしい魔族の男が、兜《かぶと》を脱いで軽く一礼する。

「あぁ、気にするな。お互い大変だな――」

「ユキっ‼」

――その時、レフィの短い警告が俺の耳に入る。

同時、反応を示す、俺の危機察知スキル。

目の前の部隊からではない。

もっと、遥か遠くからの攻撃だ。

「下がれッ‼」

瞬時に俺は、目の前にいた魔族二人の腕を引っ掴《ひつか》むと、力の限りで遠くへと投げ飛ばす。

残った二人の魔族達は、レフィが引っ掴んでグオンと物凄《ものすご》い勢いで投げ飛ばし、この場から避難させたようだ。

「なっ、何を――」

魔族達の困惑の声が遠くなっていくのを聞きながら、俺はレフィと共に即座にその場を離れ、彼女を抱き寄せて覆いかぶさり――視界の端で、ピカッと光った何かが、駆け抜ける。

顔を背けていたために、感じ取ったのは轟音《ごうおん》と光のみだったが……それが俺達の背後を光速の如《ごと》き勢いで通り過ぎ、刹那《せつな》遅れ、膨張した空気に二人とも吹き飛ばされる。

耳がバカになり、何も聞こえなくなる。

一瞬前後がわからなくなるが、腕の中のレフィが空中制御をしてくれたようで、すぐに姿勢が安定する。

数瞬した後、振り返って確認すると――俺の視界に飛び込んできたのは、先程までは存在していなかった大地に刻まれた深い溝。

緑豊かだった森は武骨な岩肌が見えるのみとなっており、少しして辺り一面が立ち昇る土埃《つちぼこり》に隠され、見えなくなる。

空には吹き飛ばされたらしい木々や土が高く舞い上がっており、放物線の頂点に達したところで、順次大地へと落下していく。

俺は、周囲に暴風の結界を張ることでそれらを防ぎながら、眼下へと声を張り上げた。

「リル、無事か⁉」

「クゥ！」

その姿は見えないが、どうやらしっかりと回避していたようで、「問題ありません！」とでも言いたげな我がペットの鳴き声が聞こえ、ホッと胸を撫《な》で下《お》ろす。

「……レフィ。今のはもしかして……」

「……うむ。『龍の咆哮《ほうこう》』じゃの。屍《しかばね》と化しても使えるようじゃな。流石《さすが》に、連発するのは無理じゃろうが……」

――龍の咆哮。

以前に一度、レフィに見せてもらったことがあるが、今の攻撃はあの時のものより、被害範囲が広いかもしれない――いや、これは単純に、出力を一点集中させているかいないかの差か。

レフィが放つ龍の咆哮は、『消滅』そのものだった。

射線上に存在するものは、例外なく全《すべ》てが跡形もなく消し飛び、塵《ちり》すら残さず消滅させていた。

だが、こうして見てもわかる通り、今の攻撃は物体を消滅させるところまでは至っていない。

派手には見えるが、レフィの龍の咆哮より威力が高いということはないだろう。

……まあ、ヒト種が食らえば、一たまりもないであろう威力ということには、変わりないのだが。

レフィですら相手の姿を視認出来ていない以上、恐らく俺達を狙《ねら》った攻撃というより、たまたま流れ弾がこっちに飛んで来たのだと思われるが、流れ弾なんぞで死にたくはないな。

そんなことを考えていると、レフィが険しい声音で口を開く。

「――ユキ。今ので確定した。アンデッドドラゴンにされた龍族は、若い龍じゃ。古龍の老骨どもが放つ龍の咆哮ならば、こんなものでは済まされん」

「……やっぱりか。嫌な予想が当たっちまったな」

里から飛び出た若い龍の一体が、今回現れたアンデッドドラゴンの素体である、と。

相手が古龍ではないことは、俺達にとって幸いではあるが……。

「……それと、ユキ。もう放してくれても大丈夫じゃ」

「ん？　あ、あぁ、すまん」

俺は、未《いま》だレフィを抱き締めたままだったことに気が付き、すぐに彼女から手を放す。

「……全く、ユキ。儂《わし》を守ってくれようとするのは嬉《うれ》しいが、こういう時はお主自身の身を守ることに集中せい。儂を守るために、お主が傷を負うところを見るのは……こちらの心臓に悪い」

「す、すまん。その……咄嗟《とっさ》に、と言いますか」

頬《ほお》をポリポリと掻《か》きながらそう言うと、彼女はふっと表情を和らげ、いたずらっぽく微笑《ほほえ》み、チヨンと俺の鼻を突《つつ》いて来る。

「ま、お主に守られるのは、悪い気分ではないがの。この世で儂を守ろうとする阿呆《あほう》は、お主くらいじゃゃし」

「……そりゃあ、大事な嫁さんなので。守ろうとくらいしますよ」

「うむ。じゃから、儂としてもあまり強く言えんでな。お主に守ってもらえんくなるのも、ちとばかし寂しいものがある」

「……そうだな。じゃあ、俺もお前もケガしなそうな、ちょっと弱めの魔物が相手の時に、いっぱい守ってやるとしましょう。それだったら問題ないだろ?」

「妙案じゃな。楽しみにしておこうかの」

そんな冗談をレフィと言い合っていると、ふと片手に握ったエンから伝わってくる、呆《あき》れたような念。

『……また、ラブラブしてる』

そこで俺達はハッと我に返り、そしていつの間にこちらに戻って来ていたらしい、生暖かい眼差《まなざ》しを浮かべている魔族の部隊の者達の存在に気が付く。

俺は、ゴホンと盛大に一つ咳払《せきばら》いすると、彼らへと声を掛けた。

「よ、よう、ケガはないか?」

「……えぇ、おかげさまで助かりました。命を助けられたこの礼、後程エルフの里へ着きましたら、必ず」

そう言って彼らは、揃《そろ》って深々と頭を下げる。

「まあ、あんまり気にするな。別に恩を売りたくて助けた訳でもないしな。それより、アンデッドドラゴンの攻撃があったってことは、もうかなり敵と距離が近いってことだ。あんまりのんびりもしてられんし、さっさとエルフの里へ向かおう」

「……え、ええ、そうですね。先を急ぎましょう」

今、「のんびりしていたのはどいつだ」という心の声が聞こえた気がしたが、俺は華麗なスルーをかまし、魔族達と共に飛行を再開する。

――それから十分もせずに俺達は、狼型の魔物に乗ったネルが森の中を疾駆し、アンデッドドラゴンから逃げている場面に遭遇する。

◇　◇　◇

龍の咆哮で大地に穿《うが》たれた、特大の跡。

それを辿《たど》って行った先に、ソイツはいた。

肉が腐り落ち、ほぼ全身が骨のみとなった身体《からだ》。

龍族が持つ強靭《きょうじん》な鱗《うろこ》は全て剥《は》げ、まだ生者のつもりであるのか骨格だけの翼を必死に羽ばたかせ、だがどういう訳かそれでもしっかりと宙には浮いており、低空飛行で飛んでいる。

――アンデッドドラゴン。

何より気色悪いのは、頭蓋《ずがい》の眼窩《がんか》に存在している、生気のない淀《よど》んだ瞳《ひとみ》だ。

それが非生物的な様子でギョロギョロと動き回り、その眼球の動き方だけで、ヤツがすでに生きてはいないことがよくわかる。

死してなお、無理やり動かされている屍龍は、どうやら獲物を追っている最中だったらしく――。

「ネル⁉　何やってんだ⁉」

「あれっ、おにーさん！　レフィにリル君、エンちゃんも！」

追われている獲物は、見慣れぬ狼型の魔物に乗ったネルだった。

一人きりで、彼女以外の者はいない。

「随分早かったんだね！　もう半日くらいは掛かると思ってたんだけど！」

「あぁ、急いでこっちに来たから――って、そんなこと言ってる場合か！」

色々と聞きたいことがあるのは確かだが、とりあえずそれどころではないので、俺は彼女の横を飛んですり抜けると、まず一発、アンデッドドラゴンの横っ面をエンで殴り抜く。

「離れろストーカー野郎ッ‼」

筋肉や内臓が存在していないからか、デカいアンデッドドラゴンの身体は存外に軽く、その一撃で思い切りぶっ飛んで行く。

森の木々をなぎ倒し、ズガガと地面を削ってようやく停止した屍龍は、翼膜のない翼を思い切り広げて姿勢制御すると、その腐った瞳をギロリとこちらに向け――。

「……哀れな同胞じゃの。世界の広さを知る前に死に、そして死してなお人殺しの道具として利用されるとは」

上から降って来たレフィが、アンデッドドラゴンの首後ろをガッと片手で掴み上げ、動きを無理やり制止する。

ヤツは抵抗し、暴れようとするが……相手はレフィである。

全く拘束を解くことが出来ておらず、首根っこを押さえられたせいで腕や尻尾《しっぽ》を使ってレフィを排除することも出来ない。

魔力眼で見る限り、何か魔法を発動しようとしている素振りもあるのだが、どうやら我が嫁さんがそれも無効化しているようで、空中に魔力が四散している様子が窺《うかが》える。

「先達として、お主の後始末は全て儂が行ってやる。安心して——逝け」

次の瞬間、屍龍の身体がボッ、と燃え上がった。

骨すらも発火する、超高温の炎。

少し離れたここにまで、その熱の強さが伝わってくる。

全身が発火しながらもなお暴れようとする屍龍は、だが徐々にその動きを鈍らせていき、敵愾心《てきがいしん》を募らせていた腐った瞳がどこか虚空を眺め始め——ゆっくりと、ゆっくりと燃え尽きる。

生み出された大量の灰は、眼下の森にはらはらと落ち、風に乗ってどこまでも飛んで行き、そして最後には何も残っていなかった。

レフィは、その様子を最後までジッと眺めていた。

――呆気《あっけ》ない程簡単に、俺達に頼まれた仕事は終了した。

俺とリルの出番はなかったな。

「お疲れ、レフィ」

「……うむ」

ポンポンと頭を撫でると、レフィはコツンと俺の肩にその頭を預けてくる。

「うわぁ……何というか、流石《さすが》だねぇ。僕達、そのアンデッドドラゴンのせいで何にも出来ない状況だったんだけど、こんなにあっさり倒しちゃうなんて」

狼型の魔物に乗ったまま、ゆっくりとこちらにやって来るネル。

いつでも動けるようにと、近くに待機してくれていたリルもまた、こちらまでやって来る。

「とりあえず、ケガはないな、ネル」

「うん、大丈夫！　全くの無傷だよ！」

「そうか……なら、聞かせてもらうが、何で追われてたんだ、お前」

そう言うと彼女は、狼から降りて事情を説明し始める。

「実は、ちょっとした救出作戦があったんだけど、そのためにアンデッドドラゴンを遠くへおびき寄せる必要があってね。それを僕が買って出たんだけれど……本当にどこまでも追って来るもんだから、里に戻れなくなっちゃって」

「……あんまり、無理なことはするなって言っただろう。無事だったから良かったけどよ」

正直普通に肝が冷えたので、ちょっと怒り気味に言うと、彼女は「いやぁ」と頭の後ろを掻きながら言葉を続ける。

「一応勝算というか、逃げるだけなら大丈夫だと思ったんだ。あのアンデッドドラゴン、魔力で無理やり身体を動かしていたからか、動きに精彩がなくてね。それでも僕一人じゃ無理だけど、この狼君が一緒なら何とかなりそうだと思ってさ。本当にどうしようもなくなったら、おにーさんに貰《もら》ったこれでダンジョンまで逃げ帰ればいいし」

隣にお座りしている狼の身体を撫でながら、ネルは軽鎧《けいがい》の下に入れていたらしいダンジョン帰還装置のネックレスを取り出して見せる。

……なるほど、ちゃんと逃げる算段は考えていたのか。

と、次にレフィが勇者の少女へと問い掛ける。

「ほう、そこな狼はお主の新しいぺっとか？　ダイアウルフとは、中々良い目の付け所じゃの」

分析スキルで見る限り、ネルが乗っていた狼が『ダイアウルフ』という種族のようだ。

なかなか強い種であるようで、恐らくだが、魔境の森でも生存出来るだけのステータスはあるだろう。

「あはは、飼えたらいいんだけどねぇ。この子、エルフの女王様のペットだから、借りただけなんだ。いやぁ、リル君のおかげで助かったよ。本当はプライドの高い種らしいんだけれど、どうも僕からリル君の臭いを感じ取ったみたいで、すごい従順に動いてくれてね」

あぁ……リル、ウチではほぼ下っ端みたいな扱われ方をしているが、狼系の魔物の中では最上位種だそうだからな。

こういう強い魔物は、総じて知能が高いし、きっと逆らったらヤバいと思ったのだろう。

実際こうして見ている今も、リルの方は全く気にした様子もないが、もう一匹の狼君は微妙に縮こまり、我がペットのことをそれとなく窺っているのがわかる。

うむ……リルよ。

やっぱりお前は、意外と凄《すご》い魔物なのだな。

「し、信じられん……アンデッドとは言え、魔力抵抗の非常に強い龍族を、魔法で燃やし尽くすとは……」

と、そこで、俺達と共に飛行していた魔族部隊の部隊長が、そんなことを呟《つぶや》きながらこちらまでやって来る。

「？　彼らは……」

「魔界王の部下らしい。途中でバッタリ会ったんで、そのまま一緒にエルフの里に向かってたんだ」

「あぁ、魔界王様の……となると、周辺の確認に向かった人達かな？」

どうやらネルは何かしらの事情をすでに聞いていたらしく、彼女の問い掛けに部隊長はコクリと頷《うなず》く。

「ハッ、その任に就いておりました。帰還途中で彼らと遭遇したのですが……流石、ネル様程の方が頼られた方々と言いますか。度肝を抜かれましたよ」

「えへへ、すごいでしょ？　僕の大事な人達なんです」

ニコニコ顔でそんなことを言ってくれるネルに、微妙に気恥ずかしくなり、俺とレフィは互いに顔を見合わせる。

今回に関して言うと、俺の方は特に何もしてないしな……。

「えぇ……本当に、驚くばかりですよ。――と、すみません、我々は急ぎの報告がありますので、先に向かわせていただきます。脅威が排除されたことも、しっかりと報告しておきますので。では、後程」

そして彼らは、俺達より先にエルフの里へ向かって飛んで行った。

「……あ、そうだ、おにーさん。一つ聞いてほしいことがあるんだ」

「？　何だ？」

そう問い掛けると、ネルは真面目《まじめ》な表情になり、言った。

「おにーさん。多分なんだけど――敵に、魔王がいる、と思う」

◇　◇　◇

「――ご苦労様。さっそくだが、報告を聞かせてくれるかい？」

ユキ達と別れ、一足先にエルフの里に到着した魔族部隊の部隊長は、椅子に座る魔界王フィナルの前で跪《ひざまず》き、報告を始める。

「ハッ。まず、任務外ですが、重要な報告から。道中魔王ユキ殿とその仲間と思《おぼ》しき圧倒的な力を内包する少女と遭遇、彼らの手によるアンデッドドラゴンの討伐を確認しました」

「えっ……ユキ君、もう来たの？　救援要請出してから、まだ一日半くらいしか経《た》ってないけれど。というか、討伐だって？」

「ネル様が確認しましたので、本人であることは間違いないかと。討伐に関しましても、この目でしかと確認しております」

「……うーん、そっか。何と言うか、相変わらず僕の予想なんて軽々と飛び越えて行くねぇ」

愉快そうにクックッ、と笑ってから、魔界王は言葉を続ける。

「わかった。報告を続けてくれ」

「周辺状況に関しましては、魔界王様の予想された通り、各地で悪魔族達の活発な動きが確認されました。また、南東前線基地と連絡が付いておりません。……恐らく、現在戦闘中か、壊滅させられたかと」

「……連絡が付いていないとなると、すでに壊滅させられたんだろうね。全く、僕が動けなくなってからまだ三日しか経っていないというのに、手の早いことだ。……それにしても、南東前線基地か」

――人間の先代勇者君が、敵の協力者の人間を捕らえたけれど、やっぱり悪魔族の子達も、どこかの人間の国と手を組んだようだね。

南東前線基地は、魔界において防衛の要《かなめ》となる位置に存在するが――その位置とは、人間界と魔界との境界線間近。

悪魔族達が本拠としている地域とも離れており、担っている役割も人間が侵攻して来た場合に阻止するというものであるため、何も情報を得ていなければその意図を読むのに苦労しただろうが……悪魔族が人間と手を組んでいると知っていれば、話は別だ。

人間と悪魔族、どちらによって攻撃されたかは定かではないが、このタイミングで動いた以上、やはり協力関係にあることは明白だろう。

あそこが壊滅させられた場合、人間達に抜かれる可能性が出て来るため、迅速に手を打たなければならない。

が、魔界のトップである自分は今、ここエルフの里にいる。

ここで足止めされる時間が長くなれば長くなる程劣勢になっていき、そこまで見越して悪魔族の者達はアンデッドドラゴンを放ったのだろう。

——まあ、その目論見も、ユキ君達が木っ端微塵《こっぱみじん》にしたんだけれども。

「……よし。あの屍龍がいないのならば、やりようはいくらでもある。君達、今日一日休んだら、悪いがすぐにまた伝令に向かってほしい。手紙を書くから、南東方面の司令部に届けてくれ。その後は、部隊を見繕って人間達の動向、特に軍事的な動きの確認を頼むよ。他の地域に関しては、僕が手を打っておく」

「ハッ」

短く返事をし、魔族の部隊長はそそくさとその場を去って行き——と、それと入れ違いに慌てたように現れる、エルフの女王ナフォラーゼ。

「フィナル！　警戒の兵がアンデッドドラゴンの討伐を確認した！　恐らく例の援軍じゃ！」

「うん、今聞いたとこ」

「む？　何じゃ、知っておったのであるか。あぁ、状況を知るために散らせておった兵か？」

ナフォラーゼの言葉に、魔界王は底の見えない笑みを浮かべて応《こた》える。

「彼らのおかげで、敵の動きは大体予測が付いたよ。今まで不明瞭《ふめいりょう》な点が多かったけれど……ようやく、その姿もはっきりしてきたかな」

魔界王は座っていた椅子を立ち上がり、言葉を続ける。

「さ、ナフォラーゼ君。僕らの最大の脅威を排除してくれた子達が、もうちょっとでこっちに到着するらしい。彼らのもてなしをしなきゃいけないけれど、僕はここじゃあ何にも指示出来ないから、その準備をお願い出来ないかな」

「言われるまでもない、任せよ。余が魔界では味わえん、最高のもてなしを準備してやろうぞ」

「おっと、言うじゃないか。どんなものか是非見せてもらおうかな」

そんな軽い冗談を交わしながら、彼らはそれぞれの仕事へと戻って行った。

◇　◇　◇

エルフの里へと向かう道すがら、ダイアウルフという種の狼《おおかみ》の背に乗りながら、ネルは言った。

「おにーさんも一度戦ったって聞いてるけど……例の、赤毛の悪魔族の頭領、知ってるよね？」

「……あぁ」

「その人と一度戦闘になって、最終的には空間転移の魔法で逃げられちゃったんだけれど……その時、おにーさんが使うネックレスみたいな感じの装飾品を使ってたんだ」

「……敵が、ダンジョン帰還装置みたいな装飾品を使ってたってことか」

俺の言葉に、彼女はコクリと頷く。

「うん。まあ、具体的な根拠はそれだけなんだけど、ただ敵に魔王がいると考えると、幾つか辻褄《つじつま》の合うものがあるんだ。魔界王様が言ってたんだけどね。悪魔族達は、戦力の補充速度がおかしいって」

それからも、ネルは説明を続ける。

どうやら魔界王フィナルは、幾度かの作戦にて、悪魔族達を半壊滅状態にまで追いやったことがあるらしい。

本丸までは倒せておらずとも、これだけ敵戦力を削ればしばらくは身動きが取れないだろうと、そんな予測をして動いていたら……どこから連れて来たのか、前回と同様の規模の軍勢に襲われ、撤退したことが何度もあったのだという。

つまり、想定される敵戦力と、実際に現れた敵戦力の差が、異常な程に開いていたということだ。

あの魔界王に限って、そうおかしな予想はしないだろうし、となると単純な読み違いというより、実際に何か理由があるのだろう。

「なるほどな。それでお前は、ダンジョンを用いて戦力の補充をしているんじゃないか、と思ったのか」

「うん、それだったら不可能でもないかなって。それでも、色々とわからない部分はあるんだけれど――と、面倒な話は後にしよっか。着いたよ、おにーさん、レフィ、エンちゃん！　と、リル君！」

元気良く、ネルはそう言うが……。

「着いたって……まだここ、森の中だぞ？」

「……ここが、エルフのお里？」

「ふむ……結界か」

怪訝《けげん》な声音の俺とエンに対し、何かしら納得した様子のレフィ。

ちなみにエンはすでに擬人化しており、周囲を物珍しそうに見渡している。

「あはは、流石にレフィは騙《だま》せないか」

笑って先へと進むネルの後を、俺達は付いて行き――瞬間、景色《けしき》が一変する。

まず目に入ったのは、連なるように生えている、数本の大樹。

それに橋や階段などが設置されており、中をくり抜いて住居としても利用しているらしい。

自然をそのままに、といった感じの趣で、至る所に花が植えられ、涼しげな木漏れ日が差し込み、見ているだけで心が癒《いや》されるような景色である。

神秘的な、まさにエルフの里といった様相だが……焦げ付いた木々や、幹が半分くらい抉《えぐ》られ崩れ落ちたらしい大樹で、エルフ達が魔法やゴーレムを使用して復旧作業をしている様子も同時に目に入り、戦闘の爪痕《つめあと》が痛々しく残っている。

これがなかったら、もっと綺麗《きれい》な景色だったことだろう。

……何かしらの魔法で、里全体が隠されていたのか。

今まで見えてはいなかったが、エルフ、魔族、そして人間の兵士達が思った以上に近くに控えており、ビシッとそれぞれの流儀で敬礼している。

俺達のことを、待ってくれていたようだ。

そして、彼らの中から、豪奢《ごうしゃ》な民族衣装に身を包んだエルフの美人が、威厳ある様子でこちらにやって来る。

見覚えがある。

魔界にて出会った、エルフの女王、ナフォラーゼ＝ファライエだ。

「よく来た、ユキ殿、ザイエン。壮健そうで何よりじゃ」

「魔界ぶりだな。女王さん。大変な目にあったようだが、特に怪我《けが》とかしてないようで何よりだ」

「……ん、久しぶり」

「いや、怪我はしたのであるがな。ヌシの妻の勇者が持っていたエリクサーで、回復したんじゃ。ヌシが持たせたものと聞いておる、ヌシにも感謝を」

そうか、俺が渡していたものを使ったのか。役に立ったのなら何よりだな。

と、俺達と挨拶《あいさつ》を交わした後、彼女は次に、レフィへと顔を向ける。

微妙に引《ひ》き攣《つ》り気味の、ちょっと恐れるかのような顔を。

「そして――覇龍レフィシオス殿。お、お久しぶりにございます。ユキ殿の奥方となられたとはお聞きしておりましたが、まさか救援に来ていただけるとは思わず……か、感謝致します」

「む？　お主……もしや、いつぞやの儂《わし》に喧嘩《けんか》を吹っかけてきたエルフか？」

「？　何だ、お前も知り合いだったのか？」

俺の問い掛けに、肩を竦《すく》めるレフィ。

「ま、知り合いと言えば知り合いじゃの。この辺りではなかったと思うが、昔、エルフ達の近くをたまたま通り過ぎた際、儂が襲いに来たとでも勘違いしたらしく、攻撃を受けたことがあってな。その中に此奴《こやつ》がおったのじゃ」

「そ、そ、その節は、大変なご迷惑を……」

冷や汗をダラダラと流しながら、頭を下げるエルフのお偉いさん。

「昔の話じゃ、今更蒸し返すつもりもない。お主も忘れよ」

「か、寛大なお言葉、心からの感謝を」

そう言って頭は上げるも、しかしエルフ女王の顔面は引き攣りまくりで、緊張しっ放しである。

彼女が恐縮しまくっているせいで、なんかちょっと、後ろの兵士達もやり辛《づら》そうである。

特にエルフの兵士がな。

そんな場の微妙な空気を察したらしく、俺達と一緒に里に戻ってきたネルが、助け舟を出す。

「え、えっと、とりあえず里の中に入りましょう、ナフォラーゼ様。おにーさん達も、お腹空《なかす》いたりしてない？」

「あー、実は俺達、家を出てからまだ一睡もしてないから、正直すげー眠い」

「うむ。流石にちと疲れたの」

「あっ、そっか。急いで来てくれたんだもんね」

「聞いたか！　急げ、客室の用意を！」

「ハ、ハッ！　ただいま」

エルフ女王の焦った様子の号令に、若干面食らった様子で、エルフの兵士の中の数人がそそくさとこの場を去って行った。

「……レフィ、お前何やったんだ？」

「少々鬱陶《うっとう》しかったのでな。それなりに脅してやったんじゃ。あぁ、しかと脅すまでに留めたから、殺してはおらんぞ。攻撃されても許してやった訳じゃし、彼奴らはそれで済んだことを儂に感謝すべきじゃな」

……とりあえず、エルフ達が不憫《ふびん》な目にあったということはわかった。

◇　◇　◇

大急ぎで用意してくれたらしい、なんかおかしなくらい豪華な部屋で、数時間眠った後。

「皆様、お夕食の準備が出来ております。こちらへ」

レフィと擬人化したエンを連れて部屋を出ると、俺達が起きるのを待ってくれていたらしいエルフのメイドに案内され、俺達は大樹を加工して作られた廊下を歩く。

外はすでに夕方になっており、西日が窓から差し込んでいる。

仕方ないとは言え、変な時間に起きてしまった。もう夜は眠れないだろう。

俺達の仕事はもう終わった訳だし、泊まらずに帰っても良かったんだがな。

ネルはすぐに帰れる訳じゃないし、もう少し彼女と一緒にいたい思いもあるので、結局泊まることにした訳だが……家でのんびりとはいかない以上明日が辛そうだ。

いや、俺とレフィならば、明日の夕方まで眠気を我慢することも出来るが、可哀想《かわいそう》なのはエンだ。

道中彼女は仮眠を取っていたといえど、子供に夜更かしは辛いだろう。

明日、どこかで一時間くらい昼寝させるか。擬人化中は、身体活動も子供並だということはわかってるしな。

「エン、ごめんな、ちょっと辛い日程になっちゃって」

「……大丈夫。一緒に夜更かし」

「カカ、そうじゃな。どうせユキがぼーどげーむ類を持っておるじゃろうし、共に夜更かしをするとしよう」

「……将棋。将棋する」

「お、いいの。それじゃあ儂と――」

「……お姉ちゃん弱いから、主とする」

「ぶっ……そうだな。レフィは弱いから、俺と勝負するか」

「…………」

思わず吹き出しながらそう言うと、ゲシ、と俺の足を軽く蹴《け》るレフィ。

全く、子供とは正直なものよ。

——と、そんな感じで進んでいると、廊下の突き当りでエルフではない人影と出会う。

「あっ、おはよう、みんな！　よく眠れた？」

ニコッとさわやかに笑って現れたのは、ネル。

「お、ネル、はよ。ベッドが驚くくらいフカフカで、快適に過ごせたぞ。お前の方は、今日は何してたんだ？」

「僕は、里の修繕の手伝いをね。来た時に見てると思うけど……まだ、結構戦闘の跡が残ってるからさ」

確かに、アレは一朝一夕では修復出来んだろうな……ネルが手伝ってるなら、俺も明日はそっちを手伝うか。

「……ん。お疲れ、ネル」

「えへへ、ありがと、エンちゃん」

精一杯背伸びをして頭を撫《な》でてくるエンに、ネルは彼女が撫でやすいよう少しだけ背を屈《かが》ませ、嬉《うれ》しそうにニコニコと笑みを浮かべる。可愛《かわい》い。

「それで、こっちに向かってたってことは、みんなもご飯を食べに行くところかな？」

「あぁ。メイドさんに案内してもらってたとこ。お前も一緒に夕飯……は、大丈夫？」

言葉の後半で案内のエルフメイドさんに問い掛けると、彼女は笑顔と共に答える。

「はい、勿論《もちろん》でございます。ネル様はエルフにとって英雄ですので。拒むことはあり得ません」

「英雄……？」

「ネル様は里をお救い下さいました。女王様の腕もお治し下さいました。ネル様のご家族である皆様にも、アンデッドドラゴンの討伐をしていただいたと聞いております。この里に住まう者として、心からの感謝を」

そう言ってメイドさんは、俺達に深々と頭を下げた。

「あ、あぁ、どういたしまして。……ネル、お前、頑張ったんだな」

「僕が出来ることは精一杯やったつもりだけど、でもみんなの助けもあったし、おにーさんから貰《もら》ったたくさんの便利アイテムもあったし、僕だけの力とはとても言えないよ。――ま、詳しい話は、また後でしよ！　とりあえず僕、お腹空いちゃった！」

それから、メイドさんの案内で辿《たど》り着《つ》いたのは食堂のような場所ではなく、綺麗な調度が設えられた会議室のような趣の部屋だった。

いや、実際に円卓が中央に置かれているのを見る限り、恐らく会議室で合っているだろう。

「やぁ、ユキ君。久しぶり。元気そうで安心したよ」

そして、円卓の椅子の一つに腰掛け、こちらに声を掛けてくるのは、胡散臭《うさんくさ》い笑みを口元に浮かべた優男――魔界王フィナル。

「あぁ、アンタもな、魔界王。相変わらずの様子だ」

相変わらず、内心の読めない表情をしているこって。

次に俺は、同じように座っていた、ネルが所属するアーリシア王国の国王――レイドへと声を掛ける。

「国王、そっちも久しぶりだ。まさかこんなところで会うことになるとは思わなかったが」

「フッフッ、私もだ、ユキ殿。ザイエン君も、久しぶりだね」

「……ん。国王のおじちゃんも、久しぶり」

小さく手を振るエンに、まるで孫を見るじいさんみたいに顔を綻《ほころ》ばせる国王。

……今思ったのだが、ウチの子って、実は結構顔が広いのではないだろうか。

と、次に彼は、レフィの方へと視線を送り、口を開く。

「そして……もしや、そちらの銀髪のご婦人が、レフィシオス殿ですかな？」

「うむ、儂がレフィシオスじゃの」

「イリル――娘に話を聞いています。そちらに泊まりに行った際、とても良くしていただいたと。その節はありがとうございました」

「あぁ……そうか、お主が人間の国王か。うむ、お主の娘は良い子じゃったぞ。こちらこそ、うちの童女どもと仲良うしてもらったこと、感謝する」

そんな、近所付き合いみたいな会話を交わすレフィと国王を見て、魔界王が不思議そうな顔をする。

「おや、そちらさんは面識があるのかい？　ユキ君、僕にも紹介してくれないかな？」

「あぁ、紹介するよ。こっちの角生えてる方が、俺の嫁さん、レフィシオス。こっちの超絶可愛いのは、魔界で紹介したっけか？　まあ改めてということで、俺の娘、罪焔《ざいえん》だ。ネルは、紹介の必要はないな。こっちも俺の嫁さんだ」

「ユキよ。儂の紹介の仕方、もっと他にあるじゃろう。角生えてる方て」

「……えへへ」

ジト目をこちらに送ってくるレフィと、とても嬉しそうに小さく笑みを浮かべるエン。

「はーい、魔王のお嫁さんになった、勇者です！」

そして、自分でそんなことを言ってニコニコしているネル。

お前……なんか最近、本当に神経が図太くなったよな。

勿論、良い意味で、だが……。

「……ナフォラーゼちゃんから聞いてはいたけれど……レフィシオスさんが、覇龍なんだね？」

珍しく「ちゃん」や「君」呼びではなく、上位者に対する敬意を持ってそう問い掛けてくる魔界王に、レフィは威厳たっぷりの様子でコクリと頷《うなず》く。

「如何《いか》にも。儂が覇龍レフィシオスじゃ」

「本当にそうだったのか……あなたのような方に助太刀《すけだち》に来ていただいたこと、感謝を」

「なに、ネルは儂にとっても大事な家族。身内を守るのは当然のこと。結果的にお主らの助けにはなったかもしれぬが、はっきり言うてそれはついでじゃ。感謝ならば、儂ではなくネルにすることじゃの」

「えへへ……ありがと、レフィ！」

「あ、これ、やめんか。全く……」

照れたような笑顔を浮かべ、後ろからギュッとレフィに抱き着くネル。

レフィもまた、口では嫌そうな雰囲気を出しつつも、満更ではなさそうな感じである。

この二人が仲良くしているのを見ると、俺の心が軽くなるな。

「……うーん、ユキ君。やっぱり君はあれだね。相変わらずぶっ飛んでるねぇ」

「俺が？　レフィが、じゃなくて？」

「いやいや、彼女も確かにそうだけれど、君もだよ。君は全然気になってないようだけど……他の子達よりも強さに鈍感な僕でもわかるよ。彼女がとてつもない規格外だってことは」

そりゃあ、まあ、覇龍だからな。規格外ではあるだろうが……。

「例えるなら……僕達は何もない平原。ユキ君は名のある名峰、だが頂上は見える。そして彼女は、視界一杯に連なる大山脈だ。頂上は雲を突き抜けて見えず、どこまで広がっているのかもわからない。こうしている今も、その圧力で倒れてしまいそうだよ」

……大山脈か。

確かに、それはわかるかもな。

俺が名峰ならば、レフィは霊峰だ。

その山に挑戦した何者も戻って来られない、荘厳で恐ろしい、優美で壮大な大山脈である。

「そう言う割には、ケロッとしてるように見えるが」

「僕はそういうの、取り繕うの得意だからね。見てみなよ、後ろの護衛のみんな」

そう言われて周囲の護衛の兵を見てみると……確かに、エルフと魔族達の顔が若干引《ひ》き攣《つ》っているのがわかる。

あまり表に出さないよう気を付けてはいるようだが、その表情にあるのは、緊張、だろうか。

逆に人間は、他種族程魔力に対して敏感ではないので、そこまで余裕のない表情を浮かべている者は少ない。

国王がレフィと普通に話が出来ているのも、恐らく彼女の強さを直感的に理解出来ていないからなのだろう。

そうか……もう慣れ切ってしまったが、レフィから無意識に放たれる圧力というのは、それだけの強さがあるんだったか。

「それで、そんなヒト……ヒト種と言えるのかはわからないけれど、そんな彼女が君の奥さんなんだもんねぇ。しかも、もう一人の奥さんは人間の勇者。聞いた話によると、まだもう一人いるんだろう？　こう言っては失礼だけど、どんな恐ろしい子が君の奥さんだったとしても、納得しちゃうよ」

リュー、お前、知らんところで化け物扱いされてるぞ。

「おう、よくわかったな。家で留守番してる嫁さんは、それはもうすごいぞ。レフィとどっこいどっこいだ」

「……まあ、そうじゃな。彼奴と儂《わし》は似た者同士ではあるかの」

不器用具合とかな。

「やっぱりそうなのかい？　いやぁ、お会いしてみたいやら、恐ろしいやらって感じだねぇ」

何が似ているのかを言わない俺とレフィに、そんなことを言う魔界王。

横でネルが、苦笑を浮かべていた。

「とりあえずレフィ、ちょい抑えてやれ。なんかみんな辛そうだぞ」

「む、そうじゃな」

レフィがそう呟《つぶや》くと同時、彼女の存在感が一回り小さくなったかのような感覚を覚える。

魔境の森で、レフィと一緒に狩りをする時くらいの存在感だ。これくらいになると、魔物が逃げて行かないんだよな。

ただ、意識しないとこの状態にならない以上、気配を薄めている間は、やはり彼女にとって自然体ではないのだろう。

「お気遣い感謝しますよ、レフィシオスさん」

軽く一礼する魔界王を見て、人間の国王レイドが一つ息を吐き出す。

「ふむ……やはり、こういうところで種族差を感じますな。我々人間は、一部の者でなければ、強《つわ》者《もの》の圧力など感じ取れませんから……」

「ま、そこは種族差というものさ。魔族は人間にないものを持っているし、人間は魔族にないものを持っている。言葉は悪いが、そうでなければ僕達は、すでにどちらかの種族がどちらかを支配していただろう」

……人間と魔族は、昔っからバリバリ戦争しているそうだしな。

確かにどちらかの種族が一方的に劣っているのならば、魔界王の言う通りとっくにその勝敗は付いていたことだろう。

そうして和やかに会話を交わしていると、会議室の扉が開かれ、料理を載せたワゴンと共に、エルフの女王ナフォラーゼが中へと入ってくる。

姿が見えないと思っていたが、どうやら食事の準備をしてくれていたらしい。

「お待たせした！　ホストとして、出来得る限りの料理を用意させていただいた。是非、心ゆくまで楽しんでくりゃれ！」

彼女の短い挨拶《あいさつ》の後、俺達は歓談しながら、料理へと手を付ける。

エルフ料理は、美味《うま》かった。

いわゆる、エスニック料理、といった感じだろうか。

他じゃあんまり見られないような独特の料理で、食べるのが大好きなエンも満足そうにもきゅもきゅと食べている。

その可愛《かわい》らしい様子に、エルフのメイドさん達もニコニコしながら甲斐甲斐《かいがい》しく彼女の給仕をしている。

エン含め、ウチの幼女達は一々可愛いからな。

見ているだけで表情が綻ぶのはよくわかる。

「そうだ、ユキ君。道中僕の部下を助けてくれたようだね。感謝するよ、彼らには結構大事な任務を任せていたから、本当に助かった。何か、お礼が出来ればいいんだけど……」

王族らしい上品な様子で食事を進めながら、そう言う魔界王フィナル。

「あー、じゃあこっちにいる間、なるべくネルに便宜を図ってやってくれ。そうしてくれるのが、俺は一番嬉しいしありがたい」

「わかった、そうしよう。実際ネル君には、ここの者達はみんな助けてもらったからね。それくらいはお安い御用さ」

「えっ、そんな、悪いですよ、魔界王様……」

俺達の会話に、恐縮そうに言葉を挟むネル。

「いやいや、君の働きは歴史に名を連ねてもいいくらいのものがあったから、遠慮なんてしなくていいよ」

「確かに、ヌシの働きは素晴らしかったの。うむ、エルフの歴史にもヌシの名を刻むとしよう」

「おぉ、すげぇな、ネル！　後世の歴史の教科書とかに、お前の名前が出て来たりする訳か」

「も、もう……からかわないでよ、おにーさん」

ちょっと照れた様子で、パシ、と俺の肩を軽く叩《たた》くネル。可愛い。

「……それにしても、覇龍殿は、何故《なぜ》そのようなお姿に？　貴方《あなた》程の力があるのならば、人化の技が使えるのは納得出来ますが……」

「あぁ、コイツ、甘い物好きで——」

ナフォラーゼの質問に、そう俺が答えようとするも、隣のレフィが一つ咳払《せきばら》いする。

「オッホン、ユキ。儂が自分で話す故、お主は黙っておれ。別に、大した理由がある訳ではない。

此奴《こやつ》と少し取引をしての。その関係で、龍の姿でおるよりヒト種の姿を取っておった方が都合が良かったというだけじゃ」

「……お菓子を貰って――」

「おっと、エン。儂のこの肉をやろう。どうじゃ、美味いか？」

「……ん。美味《おい》しい」

口封じにあーんされた肉を、エンはパクリと咥《くわ》え、はむはむと食べる。

……よほど、覇龍の威厳を損なうようなことは言ってほしくないらしい。

彼女の様子にネルと共に笑っていると、エルフ女王が少し驚いたような様子で声を漏らす。

「本当に……随分と、変わられましたの、覇龍殿」

「ま、儂もこの阿呆《あほう》の番《つがい》になり、家族が出来たのでな。それなりに変わりもする。お主はどうじゃ、旦那《だんな》はおらんのか？」

「……余は、女王でありますから。相手も必然的に政《まつりごと》へ参加してもらうことになる以上、そう簡単に縁《えにし》を結ぶ訳にもいかぬのです」

「ナフォラーゼちゃんのそのセリフ、僕は百年前にも聞いたことがあったかな」

「う、うるさいぞ、魔界王。お主は黙っておるがよい！」

見ると、この部屋のエルフさん達も、色々と言いたいことがありそうな様子で、エルフ女王のことを見ている。

うむ、彼らの表情で、何となく事情が察せられるな。

彼女がとんでもない美人なのは間違いないし、エルフの頂点に立つ権力者である以上、その気になれば男などより取り見取りだろうが……結婚となると、色んな制約からそう簡単にする訳にもいかないのだろう。

「ふむ、ちょっと考えていたものがあるんだけれど……どうだろう、三種族でお見合い大会でもやらないかい？　他種族同士の付き合いは色々と大変だから、僕らのバックアップは必須《ひっす》だけれど、互いの種族が仲良くなるのにこれ程適したものはないだろうし。あ、その中でナフォラーゼちゃんが気に入った子がいたら、勿論貰《もちろんもら》っていってもいいよ」

魔界王の提案を聞き、人間の国王レイドが口を開く。

「お見合い大会、ですか。いい考えですな。他種族同士となると、寿命の問題が大きいですが……そうですな、一度互いの兵を中心に行ってみてはいかがでしょう」

「お、いいねぇ。今回の騒動を経て仲良くなった子達も多いみたいだし、まずはそこから始めようか」

「……それは、良い考えではあると思うが。しかし魔界王、ヌシとて配偶者がおらんのは同じであろう！　人のことを言っておらんで、ヌシも嫁探しをするべきではないのかや？」

「あはは、そうだね。じゃあ僕もお嫁さん探しするかな。ユキ君みたいに三人とは言わないけれど、一人くらいは僕も娶《めと》らないと」

王達の話に、「おぉ……ついに、ナフォラーゼ様が婿を！」「フィナル様が、その気に！」「見合い……俺にも春が……!?」などと周囲の護衛の兵士達や給仕さん達が盛り上がっている。

そんな和やかな空気の中で、俺は、ふと我が家の者達の方を見た。

――寿命の問題、か。

以前にレフィから聞いた話では、俺は長く生きられるそうだ。

それこそ、千年や二千年は余裕で生きられるらしい。

龍族であり、強くなり過ぎて肉体が不老不死気味になっているレフィもまた、同じくらいは生きるという話だ。

だが――それ以外の皆は、俺達よりも先に死ぬ。

シィやエン、レイス娘なんかは特殊な種族であるためわからないが……例えば人間であるネル。

人間よりは長生きだが、二百年が限度らしいウォーウルフのリュー。

他種族よりも長生きはするものの、流石に千年は生きられないだろう魔族のイルーナやレイラ。

彼女らが、俺よりも先に死ぬ時。

知り合いが皆死に、時の流れによって世界がどんどんと変容し、レフィと二人生き残った時。

果たして俺は、何を思うのだろうか。

彼女らがいない世界を、俺は生きられるのだろうか。

レフィがいるのならば、きっと耐えられなくなることはないだろうが……どうせならば、全員で同じように老いていくか、我が家の面々よりも俺が先に死にたい、なんて風にも思ってしまうのだ。

今まで、考えたことがなかった訳ではない。

だが、考えないようにと頭から排除していた。

それでも、それは――いつか、必ず訪れる未来なのだろう。

「……ユキ？　どうした？」

少し泣きそうになってしまっていたのを、気付かれたらしい。

他に聞こえないよう、こそっと心配そうに聞いてくるレフィに、俺はただ「何でもないさ」とだけ答えた。

◇　◇　◇

会食が終わり、しばしの歓談の後。

俺はエンを肩車し、エルフの里の内部を散歩していた。

すでに夜更けの時間帯なのだが、一応まだ厳戒態勢である故か、多くの兵士達が警備している様子が窺《うかが》える。

と言っても、そんなガチガチな雰囲気ではなく、雑談などをしながら割とゆるゆるといった感じである。

今回の三種族による同盟が、今後長く仲良くやっていくためのものだということは皆よく理解しているようで、積極的に交流しているようだ。

「……綺麗《きれい》なとこ」

「あぁ、いい里だな」

夜のエルフの里は、一層幻想的な雰囲気が増していた。

ホタルのような虫が辺りを飛び交い、仄《ほの》かな光が綺麗に舗装された道を淡く照らしている。

道と言っても、そこに人工的な雰囲気は少ない。

利用者が使いやすく、なおかつ森の木々や緑の一部と化すような、自然な溶け込み方をしている。

魔境の森も、ヒトの身には圧巻の大自然で、素晴らしい景色《けしき》ではあるが……こういう管理された自然もまた、いいもんだ。

「……主、あの虫、お家にも欲しい」

「はは、そうだな。綺麗だし、帰ったらＤ　Ｐ《ダンジョンポイント》で出してみようか」

そう話しながら、エンと共に散歩を続けていると、前方に見覚えのある二人組がいることに気が付く。

あれは……。

「剣聖のじーさん！　カロッタ！」

臨時指令室のようなテントで、何やら地図を覗《のぞ》き込みながら話し合っていたのは、魔界の闘技大会で一度戦ったことのある先代勇者のレミーロに、ネルの上司である女聖騎士カロッタ。

「！　ユキ殿、ザイエン殿。お久しぶりです」

「む、仮面か。久しい——という程でもないな、私の方は。その子は……お前の妹か？」

「そういやカロッタの方は、エンと話したことがなかった。この子は俺の娘の、罪焔《ざいえん》だ。と言っても、アンタと会ったことは、実は幾度かあるんだぜ？」

「む……？　そうだったか……？」

首を傾《かし》げるカロッタ。

ま、会ったと言っても、剣の状態で、だがな！

「と、それよりすまん、取り込み中だったか？」

「いえ、お気になさらず。時間も時間ですし、我々もちょうど終わりにするところでしたから。いらっしゃっているというのは聞いておりましたが……ご挨拶が遅れて、申し訳ありません」

「いや、そっちは仕事中なんだし、別に気にすることないさ。俺達も、こっち来てすぐ寝ちまったしな」

「こちらに来る途中で、お前達があのドラゴンを倒してくれたそうだな。……全く、お前が魔王だったと聞いて心底驚いたぞ。それが納得出来る実力ではあるがな」

ジトッとした目を送ってくるカロッタに、俺は笑って答える。

「あぁ、俺の正体聞いたのか。隠してたのは悪かったよ、けど最初から俺が魔王だってわかってたら、確実に敵対してただろう？」

「そうだな、それは間違いないだろう。初対面で魔王であるとわかっていたならば、斬り捨てていた。刺し違えてでも、だ。……今は、お前がどんな男かわかっている故、やめておくが。ネルを大事にするのならば、お前が何者であろうが構わん」

「おう、なら問題ないな。俺がこの世で最も大事にしているものは、一にウチの幼女達、二に嫁さん達だから、俺が生きている限りはアンタと仲良くやれそうだ」

「フッ、そうか……ならば何も言わんでおこう。お前とは長い付き合いになりそうだからな」

そう言ってカロッタは、俺が肩車から下ろしたエンに顔を向けると、徐《おもむろ》に腕を伸ばし、彼女の頭をさわさわと優しく撫《な》で始める。

意外と、慣れた手付きである。

こう言っては失礼だが、堅物なので子供嫌いっぽいイメージを漠然と抱いていたが、そうでもないらしい。

……そう言えば初めて会った時、宿泊場所としてカロッタに孤児院へ案内されたんだったか。

そこの子供達で、相手するのには慣れているのかもしれない。

「ふむ……確かに、髪の色や顔立ちの雰囲気などは、仮面に似ているか。お前にはネル以外にも嫁がいるそうだな、その者との子か？」

「まあ、そんなとこではあるな。ほら、これ」

「む……？　その武器は、見覚えがあるな。お前が使っていた武器だろう？」

俺が片手に持っていたエンの本体を見せると、怪訝《けげん》そうな顔をするカロッタ。

「これが、この子、エン。俺が魔王の不思議パワーで擬人化させた」

「……剣を、擬人化？」

「擬人化」

「……魔王の不思議パワー？」

「魔王の不思議パワー」

カロッタは、無言で隣のレミーロを見る。

この刀がエンであるということをすでに知っているじーさんは、苦笑気味の表情を浮かべながらコクリと頷《うなず》く。

「……お前がとんでもない男であるというのは、今更であったな。お前に関しては、疑問を呈するだけ無駄か」

「おう、納得してくれたならよかったよ」

「フフ、この老いぼれも、あなたのような特殊な方は、初めて出会いましたよ。ネル殿の、この一年での急激な変化は、やはりあなたに影響されたようですな」

「む、レミーロ殿もそう思うか。ネルは、良い方向に大きく進歩したが……この男の図太さに感化されたのだろうな」

そう言葉を交わす二人。

「ネルは……やっぱ、変わったか？」

「あぁ、あの子の上司として、長く接しているからわかる。ネルは随分と強くなった。間違いない」

俺の問い掛けに、肯定するカロッタ。

ネルが図太くなった、というのは感じていたが……俺の影響か。

そう言われると、こう、嬉《うれ》しいものがある。

きっと俺の方も、何かしら彼女に影響されたものがあることだろう。

と、好々爺然《こうこうや》とした様子でニコニコしていたレミーロは、少し表情を真面目《まじめ》なものに変え、言った。

「それで……ユキ殿。少し話は変わりますが、約束です。遅くなってしまいましたが、あなたがまだその気ならば、私の持つ剣の技。幾つかお教えしましょうか」

約束……魔界で交わした約束か！

「是非頼む！　もっとこの子が上手《うま》く使えるようになりたいんだ」

俺は、二つ返事で頷いた。

◇　◇　◇

エルフの里に到着した、その翌日。

昨日《きのう》の昼に長く寝てしまったせいで眠気が皆無だったので、里の復旧作業に手を貸して一夜を過ごした後。

「ふむ……ユキさん、あなたが剣を手にしてから、どれくらいになりますか？」

俺は里の訓練場にて、先代勇者の老執事に扱《しご》かれていた。

「ハァ、ハァ……二年、経《た》たないくらい、だ」

老執事の質問に、俺は息も絶え絶えで答える。

おかしい……俺と同じくらい激しく動いていたはずなのに、何でこのじーさん、こんなケロッとしてやがるんだ。

身体《からだ》の使い方だけで、こうも差が出るのだろうか？

「ほう、その短期間でそのレベルにまで……流石《さすが》ですね」

「いや……ウチの子のおかげだ。今それを痛い程実感した」

現在俺は、エンではなく以前に自身で作った訓練用の木製大剣を使用しているのだが……如何に俺が、戦闘でエンに助けられているのか、ということをよく理解した。

意志ある剣であるエンは、最初にその形を得た時から戦闘時は俺の補助をしてくれていたが、俺の剣術はもはや、それありきで成り立っているらしい。

彼女を使っている時の動きを思い出して何とか身体を動かしてはいるものの、剣技に限って言えば圧倒的格上であるこの老執事と剣を交えたことで、俺の剣の戦闘センスの無さを普段どれだけエンが補ってくれているのか、心底から実感した。

老執事はコクリと頷き、言葉を続ける。

「えぇ、確かにユキさんは、少し武器に頼りがちなようですな。と言っても、あなたは元々、魔法の方が得意なのでしょう？」

「……まあ、そうだな。昔は剣の方が主体だったが、今は魔法を基本として、トドメにエンを使用する感じだ」

「幾つか見せてもらった限りでは、魔術師として一流レベルであることは間違いないようですし、戦闘能力は十分過ぎる程あるように見受けられますが……それでも、剣術を伸ばしたいのですね？」

「あぁ。ウチの子をもっと上手く使ってやれるようになりたいんだ」

「フフ……わかりました。ではまず、ここまでの手合わせで感じられた、あなたの特徴からお話ししましょう。——ユキさんはどうやら、魔物を相手にする際の剣を基本としていらっしゃるようですね。虚実を織り交ぜた攻撃の重要性も理解されているようですが、恐らくそれには魔法等を用いているのでしょう」

正解だ。

俺の戦闘は、全《すべ》てが魔境の森での戦闘経験に基づいている。

魔境の森では、罠《わな》を張って魔物を嵌《は》める、魔法を使って攪乱《かくらん》し攻撃する、ペットどもに不意を突かせてからトドメを刺す、といった戦闘が基本であり、剣技を用いてフェイントを仕掛けたり、なんてことはあまりやらない。

雑魚《ざこ》は身体能力のごり押しでぶっ殺すが、ほとんどが格上ばかりであるあの森で戦い方を学んだ俺は、やはり基本的に一対一での戦闘はやらないのだ。

ダンジョンの外で、ペットなしで戦うことも増えてきた以上、それは良くないだろう。

「何よりも、攻撃がわかりやすいために反撃を受けやすいという点があり、防御面が弱くなってしまっていますね。一番の問題はそこでしょう」

「そうだな……今、ボコボコにされたもんな」

ちなみに現在、この訓練場にはエルフ、魔族、人間の兵士達もいるのだが、皆近くで俺達の訓練を見学している。

どうやら、超絶レアである剣聖の技を見られるとあって、ワクワクしているようだ。

そんな衆人環視の中、ボコられる俺。悲しいぜ……。

ハァ、と一つため息を吐き出す俺に、先代勇者のじーさんはニコッと笑って説明を続ける。

「ですが、別にそれは悪いことではありません。単に得意分野が違うというだけの話。ですのでユキさんは、従来の戦闘方法に反しないよう、一撃の重さを増やす方向の訓練を行いましょうか」

「……？　今の話の流れだったら、防御を覚えろって言われるんだと思ったんだが」

「短所を補う方向での成長は、結局のところ器用貧乏にしかなりません。無論程度はありますが、それならば強みを更に伸ばした方が良いでしょう。私の知る限りでも、強者《つわもの》と呼ばれる者は皆、何かしら突き抜けた能力を有していることが多いですから」

……まあ、言いたいことはわかる。

魔境の森でも、紙装甲だが一撃必殺の攻撃手段を持つ敵と、能力値は高いが無難な攻撃手段しか持たない敵ならば、前者の方が戦闘時に緊張するし、怖い。

「あなたの強みは、ただのヒト種では決して辿《たど》り着《つ》けないレベルに達している、その圧倒的な肉体の強さです。魔王の強靭《きょうじん》な肉体を以て、一切無駄のない力をエンさんに乗せ、たとえ格上が相手であろうと一撃で全てを両断する。そこに至れば、防御はもはや必要ありません。あなたが目指すべき道は、それでしょう」

……俺が目指すべきは、示現流、と。

大太刀というものを愛用している以上、結局小細工を覚えるよりも、一撃の重さを増す方が、俺の剣術には合っているということか。

「……やっぱり、誰かに見てもらえると為《ため》になるな。俺、剣は全部我流だったから、本当に助かるよ」

流石は、剣聖である。

しかも、年の功か説明がすごいわかりやすい。

ネルは何度かこのじーさんに剣を教えてもらった、なんて言っていたが……アイツが剣の扱いが上手い理由もわかろうというものだな。

「フフ、お役に立てたようならば何よりです。——さ、続きと行きましょう。あまり時間もありませんからね」

——その後も扱かれ続け、太陽が頂点に昇ろうかという頃《ころ》。

「お、やっておるのう」

からからと笑いながら訓練場にやって来たのは、レフィ。

その片手はエンに繋《つな》がれ、そしてエンの反対の手はネルと繋がれている。

「何だ、お前ら……見学に来たのか」

地面に転がされたままそう言うと、レフィはニヤニヤしながら答える。

「うむ、その通りじゃ。お主がぼろ雑巾《ぞうきん》にされている様でも笑ってやろうと思うてな」

「い、いや、おにーさん、違うからね？　もうちょっとでお昼ご飯みたいだから、呼びに来たんだ。おにーさんも、お腹空《なかす》いてるだろうしって」

「……ご飯、一緒に食べよ？」

む……そうか、もうそんな時間か。

ついさっき、朝になってちょっとウトウトし始めたエンを仮眠させたと思ったのだが、熱中している間に結構な時間が経っていたようだ。

と、寝転がる俺をパシパシと叩《たた》きながら、レフィが老執事へと声を掛ける。

「存分にやってくれているようじゃな。此奴《こやつ》は能力値の割に不器用での、出来る限りで扱いてやってくれ」

「フフ、えぇ、任されました。——失礼ですが、あなたがユキさんの妻の一人である、覇龍レフィシオスさんですね？」

「うむ、如何にも。儂《わし》がレフィシオスじゃ。お主は——……」

「僕の剣の師匠の、レミーロさんだよ。とってもお世話になってて、色んな面で助けてもらってるんだ」

レフィの止まった言葉の後に、ネルが剣聖のじーさんを紹介する。

「そうか……ネルが世話になっておるようじゃ。感謝するぞ」

「いえいえ。どちらかと言えば、我々の方が彼女には世話になっていますから。礼を申しあげるべきは、こちらですよ」

ニコニコしながらそう言い、老執事はふと表情を真面目《まじめ》なものに変える。

「……レフィシオスさん。不躾《ぶしつけ》ながら、一つ、お願いがあります」

「ふむ？　何じゃ？」

不思議そうにするレフィに、老執事は頭を下げて言った。

「私と――手合わせをしていただけないでしょうか」

「えっ……正気か、じーさん？」

レフィと手合わせなんて、普通に死ぬぞ。

俺ですらやんないのに。

……つっても、俺の場合は、単純に俺がレフィとそういうことをしたくないってのもあるんだが。

思わずそう問い掛けるも、無謀であるということは本人もよくわかっているのか、彼は説明を続ける。

「と言っても、あなた程の方と戦おうものなら、たとえただの手合わせでも死んでしまうでしょう。ですので、気当てのみお願い出来ないでしょうか」

「お主には儂の旦那《だんな》を鍛えてもらっておるからな、それくらいは構わんぞ。ただ、他の兵どもは引かせた方が良いじゃろう。殺してしまいかねん」

「感謝いたします、レフィシオスさん。――皆さん！　今から少し、危険なことを行います！　見学される場合は、距離をお取りになるよう！」

レミーロの言葉を聞き、周囲で俺達を見学していた兵士達は、大人しく離れていく。

彼らが距離を取ったのを見て、じーさんは肩幅に足を開き、両腕を下に垂らし、自然体の構えを取る。

「それでは、お願いいたします」

「うむ。では、行くぞ」

――瞬間、レフィから放たれる、特大の威圧感。

同時、遠巻きにこちらを眺めていた兵士達がバタバタと倒れ始め、気絶まではしなかった者も、腰を抜かしてへたり込む。

この世界では、殺気というものは確たるものとして存在する。

魔法はイメージを魔力に乗せて具現化させている訳だが、殺気とはそれと同じように、殺意を魔力に乗せて周囲へと放っているのだ。

きっとレフィがその気になれば、全く手を下さずともこの場にいる全員を殺すことが可能だろう。

「フー、フー……‼」

そして、最もレフィの圧を受けているであろう老執事はというと、冷や汗をダラダラと流し、荒く呼吸を繰り返しながらも、決して倒れず、決して戦意を喪失せず、構えを解かない。

魔境の森の魔物ですら、尻尾《しっぽ》を巻いて逃げ出す圧力を受けてなお、毅然《きぜん》とその場に立っている。

「――ふむ、こんなもので良いじゃろう」

それから一分程経《た》った後、レフィは放っていた威圧感を一瞬で掻《か》き消《け》した。

「大したものじゃな、お主。人間で儂の気当てにそこまで耐えられるとは。誇って良いぞ」

「いえ……まだまだです。現にユキさん達は、今のでも動じておりませんでしたから」

ケロッとした様子の俺達を見て、苦笑を溢す老執事。

「……まあ、俺達は家族だからな。例外だろう」

例えば身内が誰かにキレていたとして、「あぁ、怒っているな……どうしたんだろう」と思いはすれど、別に怖いと感じはしないだろう。

ましてや、今はわざとやっているとわかっているのだ。

別に何も感じないのが普通じゃないだろうか。俺の隣にいるネルとエンも、ケロッとしてるし。

「それにしても、無茶なことするなぁ、じーさん。死んでてもおかしくないぞ、今の」

ちょっと呆《あき》れの混じった俺の言葉に、彼は汗を軽く拭《ぬぐ》いながら答える。

「ここのところ、強者との戦いが少なく、少々身体《からだ》が鈍《なま》ってきておりまして……ヒトは死の危険を感じなければ、その能力を十全に引き出すことは難しいですから、ここらで一旦《いったん》その調整をしておきたかったのですよ。とても良い経験になりました」

……確かに、死の危険を感じたら生存本能は高まるだろう。

レフィ程の脅威なんて、それこそこの世に何個も存在しない訳だし、訓練として考えてみれば最上級の類ではあるのかもしれない。

頭のおかしい所業であることは間違いないだろうが。

「さ、それより飯じゃ、飯。レミーロと言うたな、お主も共にどうじゃ」

「ありがたい申し出ですが、私は兵士達の後片付けをしてからにしますので、お気になさらず。それではユキさん、また後程」

「あぁ、頼むよ」

色々忙しいだろうに、わざわざ今日一日は俺のために時間を取ってくれているのだ。

早いところ食って、また稽古《けいこ》を付けてもらうとしよう。

◇　◇　◇

「フゥ……覚悟はしておったが、肝が冷えっ放しであるな。まさかあのお方まで来るとは……レイドよ、お主のところの勇者は、物凄《ものすご》い者達のところへ嫁いだものであるの」

ナフォラーゼは「あのお方」としか言わなかったが、その場にいた面々には、誰《だれ》のことを言っているのかはわかっていた。

彼女の若干呆れたような言葉に、アーリシア国王は愉快げに笑う。

「フフ、頼もしい限りですよ、最近どんどんと成長しているようで。若い者は成長が早い」

「そうだねぇ……あと、僕としては、覇龍さんとナフォラーゼちゃんが面識あるのも気になるところだよ。どうやら一度敵対したことがあるみたいだけど、何でそんなことになったんだい？」

「……昔、外へ遠征していた際にたまたま遭遇しての。襲われると思うて、攻撃を仕掛けたことがあったのじゃ。まあ、ダメージらしいダメージは一切入らなかったのであるが……もし入っていたら、余は今ここにはおらぬであろうなぁ」

「あー……何と言うか……それは災難だったたね」

割と普通に事故だったようで、遠い目をしてそう語るナフォラーゼに、魔界王は何とも言えない様子で苦笑する。

そうして、会議室で王達が談笑していると、コンコンと扉をノックされる。

入室許可を得た後に、入って来たのは――女聖騎士団長、カロッタ。

「失礼致します。情報の解析が終了致しました」

「おっと、来たね。――それじゃあ、君達の見解を教えてくれるかい」

「ハッ。我が国の先代勇者、レミーロが捕らえた間者を尋問して得られた情報を纏《まと》めるに、悪魔族達に協力している人間の国は、『ローガルド帝国』であると思われます」

魔界王の言葉に、カロッタはそう答えた。

「ローガルド帝国……確か、南方にある人間至上主義国家だったかな？」

彼の問い掛けに答えるのは、アーリシア国王。

「ええ。あそこも、魔界に住んでいない魔族達と長らく争ってはいますが……以前に皇帝が変わってからは、周辺の人間国家にも戦争を仕掛け、次々に併呑《へいどん》し始めておりますな。先代皇帝とは全く違った考えをしている可能性は重々あるかと」

「魔族と争っていたはずの種族主義を掲げる国が、今は魔族と協力している、と。レイド君、君のところとはその国は敵対しているのかい？」

「距離が離れている故、直接的な対峙《たいじ》はしておりませぬが、間接的な敵対は。我が国と彼《か》の国の間にある諸国に、支援を行ってはおります」

「ふむ……緩衝材代わりであるか。ヌシも王としてしっかりやっておるのであるな」

「ナフォラーゼちゃん、言葉が悪いよ」

二人の言葉に、レイドは苦笑を浮かべる。

「いえ、実際そのようなものではあるので。今のローガルド帝国と国境を接することになれば、全面戦争は避けられませぬから」

「いい判断だと思うよ。大国同士の戦争は、大なり小なり、この大陸に必ず混乱をもたらすからね。……まあ、向こうはそれが目的かもしれないけど」

「……？　混乱が目的と？」

レイドの言葉に、魔界王はコクリと頷《うなず》く。

「何だかね、聞いている限りの印象だと、その国の子は既存の枠組みを壊そうとしているように見えるんだ。ただの野心って言ってしまったらそれまでだけど、その計画性から見て、何か為《な》そうとしていることがあるように見える」

「……計画性か。ま、余らの敵が馬鹿であることを期待しても、仕方がないからの。事がここまで及んだ以上、あまり悠長なことはしてられぬな。急ぎ、援軍が送れるように準備を進めておこう。すでに、魔界で襲撃を受けた地域があるのであろう？」

「戻ったら、我が国も軍の用意をしておきましょう」

「助かるよ。……僕らは、敵の動きの速さを見誤っていたのかもしれない。悪魔族の攻撃の後に人間の間者がやって来たっていうことは、つまり向こうは、すでに軍事的に助け合っているということ。僕らも、急いでこの同盟を形にしよう」

◇　◇　◇

――昼食を済ませた後、俺は食後の運動がてらに、「一緒に行きたい！」と言うネルを連れてエルフの里周辺の森へとやって来ていた。

先代勇者との剣の特訓は、もうちょっと後だ。食後にあんな激しい運動したら、普通に吐くし。

「んふふー」

「？　何だ、ご機嫌そうだな」

「そりゃあ、勿論《もちろん》ご機嫌だよ！　だって、おにーさんと二人きりだからねー」

俺の手に指を絡ませ、俺の肩に頭を預け、「でへへぇ」と嬉《うれ》しそうな声を漏らすネル。

……こう、素直に甘えられると、やっぱ男としては嬉しいものがある。

ただ、ネルさん、一つ聞いておきたいのだけれど、あなた一応、公務中なのではないのだろうか。

他の兵士さん、普通に働いてるようだけれど。

いや、勿論一緒にいられるのはすごい嬉しいので、俺は構わないんだが。昼休憩の範囲内ということで、まだいいのだろうか。

ちなみに、レフィとエンは二人で里の方を見たいらしく、俺達には付いて来ていない。

もしかすると、ネルに遠慮してくれたのかもしれないな。

「おにーさん達は、この後どうするの？」

「んー、もう頼まれた仕事は終えた訳だし、お前の顔も見られたし……剣聖のじーさんに教わることを教わったら、ダンジョンに帰るかな。あんまり長居しても、この里の状況じゃあ邪魔だろうしさ。お前の方はどうなんだ？　どれくらいで帰って来られそうなんだ？」

「まだわかんないけど、ちょっと掛かりそうかな。ここから国に戻るのも、僕だけなら一瞬で済む訳だけど、そういう訳にもいかないし、国に戻ってからも大分忙しくなりそうだし。……カロッタさんにちょっと聞いたんだけど、どうも連合軍が結成されそうだって話なんだ」

「……戦争か」

こうして三ヶ国が揃《そろ》った場所で襲撃を受けた以上、すでにその戦端は開かれたと言える訳だ。

「……うん。みんながおにーさんみたいな人だったら、戦争なんか起きないだろうにね」

「いやぁ、それはどうかな。俺は自己中の塊で、自分のやりたいことしかやらない男だから、国なんぞ簡単に崩壊するだろうし、戦争も起きまくりじゃないか？」

「えー、そんなことないと思うけど。おにーさん、とっても優しいし」

「そりゃあ、お前ら相手にはな。惚《ほ》れた相手には優しくするだろうさ」

「フフ、そっか。じゃあ、そういうことにしとくよ」

「何だよ、その含みのある感じは」

「何にもー」

ニコニコしながら、そう言うネル。

……可愛《かわい》いヤツだ。

そのまま、彼女と一緒にのんびり森の中を歩いていると、やがて目的地——森で待機させていたリルの下へと辿《たど》り着《つ》く。

「おー、リル、慕われてんな」

「わ、王様みたいだね、リル君」

「クゥ……」

俺達の言葉に、苦笑するかのような鳴き声を一つ溢すリル。

現在、我がペットは他の魔物達——首輪が巻かれているので、恐らくエルフ達のペットだろう——に囲まれており、何やら傅《かしず》かれている。

どうやら、すでに上下関係が出来上がっているようである。

リルは魔境の森にも配下の魔物がいるが、出先で配下を増やすとは、相変わらず優秀な奴《やつ》だ。

「それにしても、結構な数のペットがいるんだな。エルフって、そういう文化があるのか？」

どうもここは、従魔達用のスペースらしく、小型のリスみたいなヤツから大型のワイバーンみたいなヤツまで、多種多様な魔物達がのんびりと過ごしている。

よく共存出来ているものだ。

何かしら、魔物を操る術《すべ》でもあるのだろうか。

「うん、そうみたいだよ。魔物を従魔にして、戦力化してるみたい。魔獣部隊とかもあって、戦ってるのを見たけど、なかなかカッコよかったよ」

「ほー、俺も見てみたかったな」

リルの身体《からだ》を撫《な》でながらそんな会話を交わしていると、ふとこちらを呼ぶ声が耳に届く。

「あ、いたいた。おーい、ユキ君」

「？　あぁ、魔界王か。どうした」

里の方から現れたのは、魔界王。

「うん、救援の報酬に関する話と、今後について一つ、お仕事をお願いしたくて。君、この後先代勇者君と訓練するそうだから、その前にと思って来たんだけど……お邪魔しちゃったかな？」

「おぉ、邪魔だ邪魔だ。帰ってくれ」

「おにーさん、そんなこと言わないの。魔界王様本人が、こうしていらしてくれたんだから。僕は大丈夫ですよ、お気になさらず」

「はは、ごめんね、ありがとう。――ユキ君、報酬はエルフの子達が用意してくれたから、後で確認してくれ。細かいところの交渉は、ナフォラーゼちゃんが受け持ってくれることになったから、彼女にお願い」

「ん、了解」

「それで、君に頼みたい仕事なんだけど――また、雇われてくれないかな。傭兵《ようへい》として」

いつもの、胡散臭《うさんくさ》い笑みの顔。

だが、その瞳《ひとみ》は鋭く、そして真摯《しんし》にこちらを見詰めている。

コイツは、基本的にいつも胡散臭く、黒いが、しかしそれでも信頼され、信用されるのは、この顔が理由なのだろう。

「……それに関して論議する前に、まずこれだけは先に言わせてもらうが、レフィの力を当てにしてるんならやめてもらおう。その場合、俺は仕事を受けないし、お前らとの関わりもこれで終わりだ。俺は、こういうことにレフィの力を使わせないと誓った」

大分失礼な物言いであることは自覚しているが……これだけは、先に言っておかなければならない。

俺の言葉に、興味深そうな表情を浮かべる魔界王。

「へぇ……？　どうしてだい？」

「あん？　どうしても何もないだろ。誰《だれ》が身内に、人を殺させたいってんだ」

レフィの力は絶大だ。

彼女がその気になれば、ヒト種の国など一日足らずで崩壊し、何百キロに渡って焼け野原と化すだろう。

俺は、そんなことをさせたくない。

自身の強大過ぎる力を、忌まわしく思っている節のある彼女に、その力を使わせたくない。

レフィが、そして我が家の者達が、ただのんびりと日々を過ごすために、俺は自身の力を尽くす。

これは、ずっと前から俺の中で決めていることだ。

「ついでに言うと、ネルのことも利用するのはやめろよ。ネルは元々軍人みたいなもんだから、戦闘させるな、なんていうのが無理なのはわかってるが、変に戦争の道具にしようものなら、お前らも敵とみなすからな」

「おにーさん――」

「悪いがネル、これに関してはお前にも何も言わせねぇ。これは、俺の中で絶対に譲れない一線だ」

いつもより少し強い口調で言うと、その俺の意思が伝わったのか、ネルは何事か言い掛けた口を閉じる。

ネルがどれだけ祖国思いで、どれだけ祖国を救いたいと思ったとしても、関係ない。

その際には、俺と国のどっちが大事なのか、なんてアホみたいなズルい問答をしてもいい。

コイツに嫌われるようなことがあっても、俺はコイツを守る。

俺は、優先順位をはっきりと決めている。

その他のことはどうでもいいが、その一線だけは天地がひっくり返ろうとも揺るがない。

すると魔界王は、何故か眩《まぶ》しいものを見るような、憧憬《しょうけい》を感じられるような顔で俺を見る。

「……君は、大した男だね。安心してほしい。そんなつもりは僕達にもないよ。まずレフィシオスさんの方だけれど、こう言っては失礼だが……彼女は、僕達の手には余る。畏怖《いふ》こそすれ、その力のお零《こぼ》れにあり付こうなんてことは、とても恐ろしくて考えられないさ」

……規格外には関わらないのが一番、ということか。

頂上の見えない、大山脈だもんな。

「ネル君に関しても、後で詳しく話すけれど、決して悪いようにはしないと誓おう。僕は君とは長く仲良くしたいし、そもそも君達の身内にレフィシオスさんがいるって知っている以上、下手《へた》なことをすれば本当に大陸が火の海になるってわかってるからね。滅多なことはしないさ」

魔界王は、王であるからこそ、いつも自身の本音を悟らせないように気を付けているようだが……これは、本音だろう。

「……そうか、ならいいんだ。早とちりだったな。悪い」

「いや、君の立場だったら、そう思うのも無理はないだろう。——凄《すご》いよ、ユキ君は。僕達ならば、レフィシオスさんなんて心配するのもおこがましいと思ってしまうけれど……君は、本当に奥さん達を愛しているようだね」

「……別に、当たり前のことだろ。俺だって、自分に魔王の力がなかったらレフィに頼り切りになっていたかもしれないしな」

本心から感心している様子で言われ、微妙に照れ臭くなり、首後ろを擦《さす》りながらそう言葉を返す。

「いや、君なら魔王でなかったとしても、同じことを言っただろうさ。それは、君の奥さんの方がわかってるんじゃないかな？」

「はい、この人ならきっと、仮に僕より弱かったとしても僕達を守ろうとしたと思います」

ニヤリと笑みを浮かべて視線を送ってくる魔界王に、ニコニコと笑ってそう答えるネル。

「……とりあえず、話を戻そう。また、お前達んところで働けって？」

「僕達だけじゃ手が足りないような時に、君に仕事をお願いしたいんだ。それで、その渡しはネル君に頼みたい」

「渡し、ですか？」

ネルの問い掛けに、コクリと頷く魔界王。

「うん、仕事をお願いしたい時に、まずレイド君を通して君に連絡するから、そこからユキ君へ話を持って行くのを担当してほしいんだ。そうしたら、単身赴任中らしいネル君もちょくちょく家に帰れるようになるだろう？」

「……！　気を遣っていただいて、ありがとうございます、魔界王様！」

「ハハ、いや、礼を言うならレイド君だ。これは彼の提案だからね」

それは……ありがたいな。

つまり、戦場に出る時はネルではなく、俺にやらせるということだろう。

ネルの安全が確保出来るならば、俺は何でもいい。

……ふむ。

「――わかった、協力しよう。そもそも、ウチの嫁さん達のことを利用しようってんじゃないんなら、最初からそうするつもりではあったんだがな。そっちのことは、信用してるし」

「助かるよ。君程の実力者が味方にいると、僕達としては百人力さ」

俺の言葉に、ホッとした様子で小さく息を吐き出す魔界王。

……あれだな、早いところアーリシア王国の王都、アルシルまでダンジョン領域を広げて扉を設置しておくとしよう。

そうすればネルも長くウチにいられるだろうし、俺もすぐに手伝いに行けるしな。

魔境の森の南エリアから外に向かって、すでに結構伸ばしているし、恐らく二か月くらい作業を続ければ、繋《つな》げられるんじゃないだろうか。

——悪魔族ども。

お前らが何を考えているか知らないし、何を目的としているのかも知らない。

何かしら、芯《しん》に根差した信念はあるのだろう。

だが、俺の敵である以上、お前らには滅んでもらう。

悪いがそろそろ、退場してもらおう。

◇　◇　◇

——大陸南方に存在する国家、ローガルド帝国。

その国境線付近に存在する砦《とりで》にて、二つの陣営の者達が向き合っていた。

一つが、魔界王の敵であるゴジムが率いる、悪魔族達。

そしてもう一つが、ローガルド帝国第二十二代皇帝——シェンドラ＝ガンドル＝ローガルド率いる、帝国兵士達。

それぞれのトップの背後にはそれぞれの部下達が控え、臨戦態勢にも思えるような険悪な雰囲気が漂っている。

魔界王達からは、手を組んでいると思われている彼らだが、それを知らない者が見れば、今にも戦いが開始してしまいそうな空気の悪さであった。

ゴジムもまた、まるで戦闘中であるかのような鋭い視線で、問い掛ける。

「どうやら、当初の作戦と違ったようだが？　我々は協力関係にあるものだと思っていたが、そうでもないらしい」

ゴジムに対し、歳若《とし》い、三十代半ば程であろう皇帝シェンドラは、不愉快そうな表情で答える。

「こちらのせいにするのはやめてもらおう。お前達が自信満々に放ったアンデッドドラゴンがあっさりやられたのだ、そうして前提が覆された以上、用兵も変わる。当たり前だろう」

「ほざけッ！　それでもまだ猶予はあったはずだ。側面から攻めるはずだったお前達が来なかったせいで、俺の部下が何人やられたと思っているッ！」

魔界王フィナルが治める領土、つまり魔界に存在する基地の一つ。

南東前線基地。飾り気のない実務的な名だけが与えられた、人間達の領土との境界線付近に存在する基地である。

悪魔族達による奇襲によってそこは陥落し、彼らはさらにその先にある『魔界軍南東司令部』が設置されている砦へと戦線を押し進めていたが、アンデッドドラゴンが早期に討伐されたことで、自由に動けるようになったフィナルの的確な指示により防衛側が息を吹き返し、押し返される。

その際、援軍として送り込まれるはずだった帝国兵達はやって来ず、悪魔族達は想定より多くの被害を出しながら撤退。

現在は、南東司令部の置かれた砦と南東前線基地の間で、小康状態を保っていた。

「知らぬな。お前の部下が軟弱だっただけだろう。直前に伝令も出していた以上、こちらの責任ではない」

シェンドラの物言いにピクリと眉《まゆ》を動かしたゴジムは、ガッと眼前の男の胸倉を掴《つか》むと、そのまま片腕だけで宙に持ち上げる。

「あまり、図に乗るなよ、小僧」

瞬間、背後に控えていた帝国兵達が一斉に武器を抜き放ち、呼応して悪魔族達もほぼ同時に、それぞれが手にしていた武器を眼前の人間達へと向ける。

一触即発の、緊迫した空気。

シェンドラは、ただ「フン」と鼻を鳴らし、射貫《いぬ》くような瞳をゴジムへと向ける。

「殺したければ殺せ。お前もここで死ぬことになるだろうがな」

「…………」

忌々しさを隠そうともせず、無造作に、ブンと投げるようにして手を放すゴジム。

シェンドラはその勢いで数歩よろけてから、だが特に気にした様子もなく服を整え、口を開く。

「忘れてもらっては困るが、俺達は俺達のために、お前達はお前達のために動くだけだ。我々は味方ではなく、故に助け合いもしない。ただ、敵が同じというだけ。お互い、この条件で合意したはずだ」

「……フン、そうだったな。だが、連絡だけは密に行ってもらう。このままでは敵の区別が付かず、どこかの人間どもも一緒くたに殺してしまいそうだ」

「あぁ。俺達とて、戦に負けたい訳ではない。そちらがそちらの仕事を果たす以上は、こちらもこちらの仕事をしてやる」

信頼など、互いに一欠片《ひとかけら》も感じられないような会話を最後に、会談は終了した。

ゴジムは、思う。
今のところは、作戦通りだと。
シェンドラは、思う。
今のところは、作戦通りだと。
両者の思考は一致し、だが、決して同じ方向は向いていない。

閑話一　その頃《ころ》のダンジョン

ユキ達がエルフの里で過ごしている頃。

いつものように真・玉座の間で家事をしながら、リューとレイラは言葉を交わす。

「……いつのどこでも、物騒っすねぇ。ご主人達、無事でいてくれるといいっすけど……」

「レフィ様まで付いて行って、それで危ないようなら、この世は地獄ですねー。……ただ、あなたの言いたいことはわかりますー」

「外は……やっぱり、危険っすからね」

このダンジョンで暮らすようになり、直接身の危険を感じることは皆無となった。

『魔境の森』という、世界でも数少ない秘境の中であり、精強な魔物が幾百も闊歩《かつぽ》する、非常に危険な地であるというのに、今まで生きてきた中で最も危険が感じられないと、彼女らは常々思って笑っていた。

だが、やはり、外の世界は危険が多いのだ。

魔物は勿論《もちろん》のこと、災害や飢え、そして――同じヒト種。

リューが暮らしていたギロル氏族でも敵対関係にある村や種族はあったし、レイラが暮らしていた羊角の一族の里は、比較的安定していたが、それでも他種族との争いが無かった訳ではない。

共に暮らすイルーナなど、人間の奴隷狩りに遭い、つまり種族対立が理由でここで暮らすようになったと聞いている。

このダンジョンが例外なだけであって、種族が違うということは、それだけで大きな争いの火種と化すのだ。

今、ネルやその救援に向かったユキ達が、種族という根本的な違いによる争いに巻き込まれているのだ、ということは彼女達も理解していた。

だから、心配なのだ。

たとえ力があろうとも、人との争いは、心に悪影響を及ぼすことが多いことを、二人はよく知っていた。

表では平気そうに振る舞っているが、イルーナ達幼女組が裏でちょっと不安そうにしているのも、二人は知っていた。

詳しい事情を知らずとも、やはり何か良くないことが起こっているのは、わかっているのだ。

嫌な話題に、二人の顔が少し暗くなる。

「……いや、ウチらは家で待つ身である以上、ただ心配しているだけなのは良くないっすね。四人が帰って来た時に、いつでも四人の心を温かく迎えてあげられるように、元気でいないと！」

「……その通りですねー。フフ、リュー。私は、あなたのそういうところ、本当に好きですよー」

「……きゅ、急に何すか、レイラ。恥ずかしいからやめてほしいっす」

わかりやすく頬《ほお》を染めて照れる友人に癒《いや》されながら、レイラはクスクスと笑って言葉を続ける。

「では、四人が帰って来るまでに、何か新しい美味《おい》しい料理の練習でもしましょうかー。収納の魔法が掛かった保存庫も魔王様が用意したことですし、一週間程度ならば食材も全く悪くならないので、予《あらかじ》め作っておけばいつ帰って来てもすぐにお出し出来ますからねー」

「それはいいっすね！　やっぱり、ご飯が美味しければ、気分も上がるっすから。いっぱい歓待の準備をするっす！」

――と、二人が話していると、その会話に幼い声が参加する。

「話は聞きました！」

「ききましタ！」

見ると、でん、と腕を組んで立っている、イルーナとシィ。

空中に浮かぶレイス娘達もまた、同じように腕を組んで不敵な笑みを浮かべている。

「わたし達も、お手伝いするよ！　おにいちゃん達が帰って来た時に、ゆっくりさせてあげるの！」

「こころをネ、おだやかにしてあげるの！」

二人の言葉に、同じ思いだと言いたげにうんうんと頷《うなず》くレイス娘達。

リューとレイラは一瞬目を丸くした後、彼女らの心遣いが我がことのように嬉《うれ》しく、思わず笑顔を浮かべていた。

「フフ、わかりましたー。では、みんなで頑張ってみましょうかー」

「イルーナちゃん達も一緒にやってくれるのなら、百人力っすよ！　なんせ、みんなの可愛《かわい》さに、あの四人、特に大人達はメロメロっすからね！」

何かが起きた時、彼女らはいつも留守番であり、そして待たされる者達である。

ただ信じて待つというのは、時には実際に物事に当たる者達よりも辛《つら》いものであるが――それでも彼女らは、前を向いていた。

自分達よりも大変な思いをしている家族がいるのに、ただ不安がっているだけなのは良くないと、幼いイルーナ達ですらその心構えが出来ていた。

「レイラおねえちゃん、どんなお料理を作るつもりなの？」

「四人の好物を中心に、ちょっと手を加えて味を良くしてみようかと思いましてー。レフィ様はお肉料理全般、ネルはさっぱりしたサラダにちょっとお肉が入ったもの……ベーコンサラダ辺りが良いでしょうかー。エンちゃんも多分お肉類でいいとして、魔王様はー……魔王様は何でも美味しく食べていますが、好物となると、何がお好きなんでしょうかねー？」

「あ、おにいちゃんなら、ちょっと前に新鮮なお寿司が食べたいって言ってたから、それがいいんじゃないかな？　生魚の調理は難しいって言ってたけど、でもレイラお姉ちゃんなら、お料理の方法がわかったりしない？」

「そうっすね、ご主人は好き嫌いなく何でも食べるっすけど、海鮮系がかなり好きじゃないっすか？　ウチも、その方向で攻めるといいと思うっす」

「あのねあのね、おにくは、ハンバーグにするといいとおもウ！　レフィおねえちゃんも、エンちゃんもすきだから！」

美味しいものを食べてもらいたいという彼女らの思いは強く、話し合いはまだまだ続く――。

第二章　死と生の輪舞

その一報は、大陸中に轟《とどろ》いた。

ローガルド帝国、そして魔族の中で『悪魔族』と呼ばれる者達が手を組み、自らを『人魔連合軍』と名乗って、アーリシア王国及び魔界王フィナルが治める魔界へ宣戦布告。

これを受け、アーリシア国王レイドと魔界王フィナルは、エルフの女王ナフォラーゼが率いるエルフ達を味方に引き入れ、『種族無き同盟軍』結成を宣言。

人魔連合軍に断固として抗戦することを表明し、連合軍の危険性を説いて同盟軍に味方をすることを種族問わず要請する。

周辺に存在する国家や、国家未満の共同体を形成している種族は、種族間での争いではなく多種族が両陣営に入り混じっていることに、初めは戸惑い、だがその争いの規模から対岸の火事ではいられぬことを理解し、間接的、あるいは直接的にそれぞれの陣営に協力を開始。

――大陸を巻き込み、力を持つ大国同士による戦争が始まったのだ。

◇　◇　◇

「ふむ……やはり、直接脅威に晒《さら》されていた国は、こちらに付いたか」

無事に、とは言えないかもしれないが、当初の目的であった魔族とエルフとの同盟に関してはつつがなく結成を完了し、帰って来たアーリシア王国の執務室にて、国王レイドはその情報に目を通していた。

『人魔連合軍』と名乗り始めた、ローガルド帝国及び悪魔族達との本格的な戦線はまだ抱えていないものの、明確に戦争状態となったため、以前からその者達による侵略の脅威に晒されていた国々から、手を組みたいという旨の親書が届いている。

また、魔界王率いる魔族とエルフは、ドワーフと獣人族とも『四種族同盟』を結んでいたため、彼らも味方として参戦してくれることがすでに決まっており、これが大まかな『種族無き同盟軍』の陣容となる。

敵に対し、十分な戦力を揃《そろ》えることは出来そうだが……ただ、そうして話が進むのと同時に、幾つかの仮想敵国との小競り合いもまた発生していた。

いや、嫌がらせ自体はアーリシア王国で内乱騒ぎが起こった頃《ころ》からあったことだが、最近になってさらにそれが増えているのだ。

「……面倒な」

厄介なのは、その仮想敵国が表面的には敵対の意思を示していないということだ。終始嫌がらせをするだけに留《とど》まっており、表向きはどちらの陣営の味方もしないで「人命が失われることを憂慮する」などと白々しい声明を出すのみ。そうである以上完全な敵国と見なす訳にも行かず、ほぼ放置しているというのが現状である。

人魔連合軍との戦が迫っている以上、余計な戦線を抱える訳にはいかないのだ。

と言っても、こちらが戦っている最中に、どこかの段階で連合軍と共謀し、宣戦布告され側面を奇襲されても困るため、いつかは対処しなければならないだろうが……準備が不完全である今は、そうするべきではないだろう。

その適切なタイミングは、切れ者である魔界王フィナルに適宜相談するつもりだ。

国内では、人間と以前から関わりを持っているエルフはまだしも、完全な敵対関係にあった魔族と手を組むことに反対する意見もあったが、全《すべ》て捻じ伏せた。

あまり出したい布告ではなかったが、戦時体制への移行も滞りなく完了し、教会の協力もあって民の不安も抑えられている。

魔王ユキの協力により解決した、内乱騒ぎと勇者騒動を経て、風通しが良くなったことによる恩恵だ。

一つ懸念があるとすれば、それに比例して教会の力が増大していることだが、教会内でどんどんと力を付けている、ファルディエーヌ聖騎士団の団長カロッタ＝デマイヤーが全面的にこちらに協力してくれているので、彼女が実権を握っている内は問題ないだろう。

戦力の目途は立った。

連携もスムーズに行っている。

「これならば、戦端が開かれても有利な条件に持って行けそうだが……やはり、解せんな」

戦争とは、外交だ。

相手に何かしら飲ませたい要求が存在し、対話ではそれが達成出来ないため、力を行使する訳だ。

つまり、こうして戦争を吹っ掛けてきた以上、相手には達成したい目標が存在するはずだが……その理由が、はっきりしない。

どこかで聞いたことがあるような、まるで中身のない宣戦布告は受けたが、それで何をこちらに要求したいのかがわからないのだ。

領土を増やしたい、という単純な野心であれば話は簡単だが、そもそもローガルド帝国とは国境が隣接していない。

あの国と正面切って対峙《たいじ》出来るのが、近隣ではこのアーリシア王国のみであるのも確かな事実だが、間に幾つか別の国を挟んでおり、しかもそれらはローガルド帝国に侵略の圧力を受けていたため、戦争が起こる以前からこちらの味方である。

それらを飛ばして、わざわざ名指しでこの国に宣戦布告をするのは、順番が違うだろう。

突如悪魔族達と協力を始めたことからしても、何を考えているのかわからない不気味さがある。

――どうであれ、今考えても詮無きことか。

フゥ、と息を吐き出し、没入していた思考を頭の片隅に追いやる。

味方と協力して情報収集は続けるとしても、今は答えの出ないことに思考を巡らすより、目の前の膨大な書類を片付けることの方が先決だ。

少しでも、味方の被害を減らすために。

一刻も早くこの戦争を終わらせ、種族同士の垣根を無くした、平和を作るために。

「……そういう意味では、今回の戦争は有益かもしれんがな」

この戦争は、歴史上類を見ない規模で他種族と手を組むことになる。

肩を並べ、共に命を賭《か》けることにより『戦友』という仲間意識が生まれ、国が政策を推し進めるよりも、もっと効率的に種族間の交流を深めることが出来るだろう。

――人の生き死にが懸かっているのに、何ともまあ、悪辣《あくらつ》な為政者の思考であることか。

そんなことを考えたところで、一人彼は、自虐的な苦笑を溢《こぼ》した。

◇　◇　◇

エルフの里での仕事を終え、ダンジョンへと帰還した俺は、再び遠出するための準備を整えていた。

こんな戦争を長引かせるつもりは魔界王にもないらしく、短期決戦で全てを終わらせる算段を整えているようなので、ネルからの連絡が届き次第すぐに動けるように備えている。

奴《やつ》がそう言うのならば、きっと短期決戦で終わるのだ。

だから俺も、万全を期してペット連中を全員連れて行くつもりだ。

それで悪魔族どもの首領であるあのクソ赤毛を殺せたのならば、ローガルド帝国とかって国との戦争は、ネルが関わって来ない限り勝手にやっててくれたらいい――なんて風に、言えたらいいんだがな。

そう割り切って、知らんぷりを決め込むには、俺もこの世界に関わりが増え過ぎた。

ウチの者達が最優先であることに変わりはないが、死なせたら寝覚めが悪いと思う相手が、今の俺には結構な数いる。

それに――もう一つ、考えていることもある。

「……ま、俺は、俺がやりたいようにするだけだ」

死なせたくないのならば、死なせなければいい。

ウチの面々に危険が及ばない限りで、協力すればいいだろう。

敵は、潰《つぶ》す。

それだけだ。

と、そうして準備を進めていると、ふとレフィが声を掛けてくる。

「……のう、ユキ」

「ん？」

「儂《わし》は、お主を愛しておる」

「……な、何だよ、急に」

突然そんなことを言われ、微妙に狼狽《うろた》えながら問い掛けるも、レフィは真面目《まじめ》な表情を崩さず言葉を続ける。

「ネルが関わる以上、此度《こたび》のヒト種どもの戦争が、儂らも無関係ではおれんことはようわかっておる。じゃが――お主が儂らのために、と思って行動してくれているように、儂らもお主のためになることをしたいと、常々思っておるんじゃ」

「…………」

黙って、彼女の言葉に耳を傾ける。

「前にも言うたじゃろう？　お主と、そしてここの者達のためならば、儂は世界を滅ぼしてもいい。どこぞのくだらん国など、お主が望むのならば、儂が灰に変えてやる。儂の力くらい、お主のためならば幾らでも振るってやる。じゃから、わざわざお主が危険に身をおかんでも良いんじゃぞ？」

その物騒な、だが思いやりの溢《あふ》れた言葉に、俺は苦笑を浮かべて答える。

「確かに、お前に手伝ってもらったらこんな戦争、一瞬で終わるだろうけどさ。けど、それでも俺は、お前にはここで待っててほしいんだ。どうしようもなくなったらお前に頼るかもしれないが、俺だけでどうにか出来る間は、俺だけでやりたいんだ。――俺も、お前のことを愛してるからさ」

「……ずるい言い方をするの」

「そりゃあ、お互い様だ」

笑って、肩を竦《すく》める俺。

「そうだな……お前には、俺の考えてることを話しておこう。俺はな、レフィ。ネルのことだけじゃなくて、イ、ル、ー、ナ、達、の、こ、と、も、考えて、魔界王達に協力しようと思ったんだ」

「……？　イルーナ達を？」

不思議そうな顔をするレフィ。

「シィやレイス娘達はダンジョンの魔物だし、エンなんて本体は無機物だから、今後どう成長するのか正直わからないが……ただ、イルーナに関して言えば、普通のヒト種の子供である以上、いつかはここを出て色々と学ばなくちゃいけない。色々と、学びに行かせなくちゃいけない」

「……まあ、そうじゃの。生物は、経験せねば成長は出来ん。童女どものことを考えたら、そうすべきじゃろうな」

レフィの言う通り、生物は経験しなければ成長は出来ず、そしてダンジョンにいるだけで学べることなど、そう多くはない。

当然、彼女がここを出たとしても、その身を確実に守れるように手は尽くすだろうが、一生ダンジョンの中だけで過ごさせる、なんて訳にはいかないのだ。

「それでな。魔界王達は種族間の対立を終わらせ、誰《だれ》が何の種族か、なんて誰も気にしなくなるくらい交流を深めようとしているらしい。それが実現すれば、今よりも世界は大きく広がるだろうし、ちょっとは安全になるはずだ。そしたら、イルーナ達が外に出るってなった時も、多少は安心して送り出せるだろう？」

子供を守る。

子供の未来を守る。

昔は、そんなのは嘘《うそ》だと思っていた。

ガキの頃《ころ》、「子供達の明るい未来のために」なんてことを言う大人には胡散臭《うさんくさ》さを感じていたし、「いや、何様だよ」と反感を覚えたりもしていた。

自分達は自分達の力だけで生きている。

上から目線で気持ち悪いことを言ってんじゃねーぞ、と。

だが……こうして時が経《た》ち、今度は自分自身が保護者みたいな立場になった今だからこそ、言えることがある。

俺達は守られていた。

大人が陰で支払っていた多大な労力に支えられ、日々の大部分を助けられ、大人となったのだ。

俺は幼女達――特に、ただのヒト種であるイルーナの未来を守らなければならない。

そして、そのための力を俺は有している。

武力だけではなく、縁という力も。

前世でただの人間だった頃の俺ならばともかく、今の俺であれば、その力を使って世の変革くらいは出来るだろう。

そんな傲慢《ごうまん》な考えが可能なだけの力を、今の俺は持っているはずだ。

……まあ、要するに何が言いたいのかと言うと、今回魔界王達に協力するのは、ネルのことだけでなく、将来的にイルーナ達にとってのプラスに働くだろうと思った訳だ。

あの腹黒な優男ならばきっと、上手《うま》くやるだろうしな。

「だから、この戦争で魔界王達に勝ってもらうのは、俺にも大きなメリットがあると思ったんだ。単純に敵側も気に入らんし、それに、その……今の内に外の環境を良くしておけば、し、将来子供が生まれた時も、その子のためになるだろうしさ」

微妙に気恥ずかしい思いでそう言うと、レフィもまた不意打ちだったのか、かぁっと顔を赤くする。

「そ、そうか。……いつも行き当たりばったりなお主の割には、意外と深く考えておるではないか」

「バカ言え、俺はいっつも深謀遠慮を巡らしてるっての」

お互い気恥ずかしさを紛らわせるために、わざと軽口を叩《たた》き合う。

「ええっと……それで、今回はペットどもを全員連れてくつもりだから、こっちの守りはお前に頼みたい。色々言いはしたが、最優先がみんなの安全なのは変わらないからさ」

「うむ、それは任せよ。何が来ても灰にしてやる。——ま、お主の考えはわかった。ただ、忘れるな、ユキ。儂らは、お主のためならば何でもしよう。お主のためならば、全力を尽くそう。これは、儂だけではない全員の総意じゃ」

「……あぁ。ありがとう」

その言葉だけで、俺は、何でも出来るよ。

◇　◇　◇

「ふーん……魔物を操ることが可能な技術を、ローガルド帝国は生み出したのか」

部下から次々ともたらされる報告に、魔界王フィナルはそう呟《つぶや》く。

——現在彼は、最優先でローガルド帝国に関する情報を集めていた。

今回、新たな敵として浮上した彼《か》の国は魔界とは地理的にも離れており、今まで関係が皆無であったため、流石《さすが》のフィナルも一般常識より少し踏み込んだ程度の情報しか持っていなかった。

これではロクな作戦を立てられないと、急ピッチで情報収集に当たっていたのだが……よく今までその存在を隠せていたものだと、彼は半ば感心していた。

フィナルが魔界を治める中で、突如として悪魔族が勢力を増したことから、何者かの協力があったのではないかと以前から調査を続けさせていたが、その際ローガルド帝国の名は影も形も出て来ていなかった。

自画自賛になるが、自身が組織した密偵部隊は、この大陸において一位二位を争えるだけの情報収集能力があると考えている。

にもかかわらず、彼の国の存在に気付くことが出来なかったのである。

無論、こうして本腰を入れることで情報が集まって来てはいるが……よほど入念に情報封鎖を行い、悪魔族との関係が表に出ないよう警戒していたのだろう。

「戦力的にはこちらが有利かと思っていたけれど……なるほど、魔物達と人工アンデッドを併用することで、戦力を増強してる訳か。人工アンデッドの出所は、やっぱり彼らかな？」

エルフ達が『変異型アンデッド』と呼び、フィナル達が『人工アンデッド』と呼ぶ兵器。

フィナルの言葉に、部下はコクリと頷《うなず》く。

「恐らくは。悪魔族達が人工アンデッドを使用し始める前に、ローガルド帝国の近辺の国にて同タイプと思われるアンデッドの出現の確認が取れました。兵器と呼ぶにはまだお粗末な代物だったようですが、試験運用をしていたものと思われます」

「ふむ……もしかすると、改良は悪魔族の子達が行っていたのかもしれないね。死霊術か……やっぱり、そこが鍵《かぎ》かな」

随所で多用されている、それら人工アンデッド。

また、エルフの里で放たれたアンデッドドラゴン。

ローガルド帝国と悪魔族のどちらが運用しているにせよ、人魔連合軍が、一般的な死霊術とは一線を画した技術を持っていることは間違いない。

死してなお、戦わせることの出来る軍隊は、為政者にとって夢の戦力である。

損耗を気にすることなく、壊れるまで従順に働かせることが可能だからだ。

むしろ、意思のある兵士よりも余程使い勝手が良いと言えるかもしれない。

ただ死霊術は、死者を兵器にするという悪辣《あくらつ》さから世界的に禁術として嫌悪されており、戦争で使おうものならそれを理由に周辺各国から制裁を受けてもおかしくない、諸刃《もろは》の剣のような魔法であるのだが……彼らはきっと、そんなことなど全く気にせず、一笑に付すだろう。

国家理性の前では、倫理など簡単に吹き飛ぶのだから。

「よし、ここから先は、アンデッドに関する情報を優先的に集めてくれ。様々な対抗措置を揃えておきたい。——人魔連合軍の動きは？」

「それが……どうも、ローガルド帝国内に留まっている模様です」

怪訝《けげん》さを隠し切れない様子の部下の報告に、フィナルはピクリと眉《まゆ》を動かす。

「宣戦布告してきたのに、まだ進軍してないの？」

宣戦布告を行ったということは、敵の準備が整ったということを意味する。

にもかかわらず、進軍を行っていない。

意図の読めない、不可解な動きであった。

「はい。ローガルド帝国の帝都『ガリア』に兵を集めるのみで、それ以外に動きがありません」

「国境線は？」

「固めてはいるようですが、それも通常時における編成とあまり変わらないような薄さです。とても戦時の編成とは思えません」

本来ならばあり得ない、欺瞞《ぎまん》を疑わなければならないようなその情報に、しばしの間フィナルは押し黙って思考する。

「……どうやら向こうは、何かしらの理由で戦場を帝都に限定したいらしい。明らかにこちらを誘ってるね。宣戦布告したのも、もしかしたらその辺りに理由があるのかな？」

自国内の、それも首都近くで戦争をするなど、百害あって一利なしだ。

正気を疑うような戦法であるが——負けるために戦争をする者など、存在しない。

である以上そこには、圧倒的なデメリットを甘受するだけの理由が存在することになる。

「……宣戦布告し、特定地域に兵を集結させるのが目的であったと？」

「何のために、という理由はわからないから措《お》いておくとしても、国境線をゆるゆるにしているのは、つまり『とっとと入って来い』って意思表示に他ならないだろうさ。僕のところまでその情報を持って来たってことは、欺瞞情報じゃないって裏付けが取れているのだろう？」

「裏付けは再三に取らせましたので、それは間違いないとは思いますが……」

「となると敵は、自国内部でぶつかりたいと切望している訳だ。そこに今回の戦争を起こした理由があるように思う。——悪魔族の子達は？」

「南東前線基地での睨《にら》み合《あ》いが続いておりましたが、人工アンデッドを放って時間稼ぎを行い、その間に撤退した模様です。そして、悪魔族達が本拠としていた地域は民間人しかおらず、もぬけの殻でした。恐らく、ローガルド帝国の者達と合流したのではないかと」

「…………」

どこを見ているのかわからないような虚空の眼差《まなざ》しで、フィナルは再度深い思考に没入する。

そのまま数分、口を閉じていた彼は、執務机の上に置かれていた一枚の手紙に視線を下ろす。

そして、何かしらの結論が彼の脳内で出たのか、ポツリと呟いた。

「……ま、信じるも信じないも、今更だね」

「？　何か仰《おつしや》いましたか？」

「うん、決めた。——帝都に進軍しよう」

その王の言葉に、一瞬意識が漂白してから、部下は慌てて言葉を紡ぐ。

「し、しかし魔界王様。これは、罠《わな》の可能性が高いのでは？」

「高いというか、確実に罠だね。でも進軍する。長期戦になってしまうよりは、そっちの方がよっぽどマシだ。向こうが短期決戦の構えを取ってくれているのならば、それに乗らない手はない。遠征の準備を進めてくれ」

「か、畏《かしこ》まりました」

「それと、ネル君に連絡してユキ君を呼んでほしい。あとは──……そうだね、羊角の一族の者にも連絡を」

◇　◇　◇

ネルからの連絡が入った。

とうとう、戦争が始まったのだ。

それに参加するべく、現在俺は、アーリシア王国南端の国境、つまりあの国から見て、魔境の森がある方角とは真反対に位置する辺境の街へと向かっていた。

以前までは人間を装い、コソコソとこの国にやって来ていたが、今の俺はリルに乗ったまま、他のペット四匹を連れ、エンも連れ、堂々と往来を進んでいる。

引き留められることもなく、なかなか愉快な気分である。

まあ、道行く兵士達──戒厳令が敷かれているらしく、民間人は全くいない──がこちらに警戒と恐怖が混ざったような視線を送って来ているが、敵じゃないということは理解しているらしく、それ以上特に何かしてくることもないので、問題はない。

俺が来ることは、すでに知らされているのだろう。

そして、目的の街に辿《たど》り着《つ》いたのは、夕刻だった。

魔境の森の近くにある辺境の街、アルフィーロは見るからに城塞《じょうさい》都市といった感じだったが、こちらはそこまで物々しい様子もなく――いや、今は兵士がいっぱいいるのですんげー物々しい雰囲気ではあるのだが、設置されている防壁もそこまで厚いものではなく、結構簡素な造りをしている。

聞く限りによると、隣接している国家が長年の友好国らしいので、国境をガチガチに固めるよりは通商のために行き来しやすい街にしたのだろう。

当面はあそこが、『人魔連合軍』と名乗り始めた敵に対抗し、『種族無き同盟軍』と自分達を呼ぶことにしたらしい魔界王らの臨時本部になるようだ。

少し辺りを見回してみても、人間の兵士のみならず、魔族らしい兵士とエルフらしい兵士達が慌ただしく動き回り、遠征の準備をしているサマが窺《うかが》える。

奥の方に見えるのは……ドワーフと獣人族だな。

以前魔界にて、同盟を組んでいたのは俺もよく知るところだし、援軍として彼らも加わったのか。

喧噪《けんそう》と、倍増するこちらに向けられる興味の視線の中でキョロキョロとしていると、決して俺が聞き間違えることのないその声が聞こえてくる。

「あっ、おにーさん！」

「ネル！」

手を振って俺達を呼んでいたのは、ネル。

「待ってたよ！　エンちゃんも来てくれたんだ、いっつもおにーさんを守ってくれて、ありがとうね！」

「……当然のこと。主のいるところに、エンもあり」

むんとやる気満々の様子で頷くエンに、俺は苦笑を溢す。

本当は、彼女を戦争に連れて行くのも大分悩んだのだが……その時、エン本人に怒られてしまったのだ。

——自分の本質を、間違えないでほしい、と。

自分は子供の見た目をしているが、その本質は武器である。

武器とは、敵を倒すためのもの。

敵を倒し、主の身を守るためのもの。

自身にとって最も優先されることは、主である俺の武器となり、その身を守ること。

それを、勘違いしないでほしい、と。

自らの存在意義を、奪わないでほしい、と。

しっかりとこちらの目を覗《のぞ》き込み、その静かなる熱い意志を伝えてくる彼女に、俺は、敵《かな》わないと思ったものだ。

ウチにいるとよく思うことだが……我が家の女性陣は、本当に、カッコいい。

やはり世界は、女性によって成り立っているのだ。

「向こうで陛下達が待ってるから、付いて来て。――と、そうだ、おにーさん、紹介したい人がいるんだ！」

「？　紹介したい人？」

俺の問い掛けに、彼女はコクリと頷いて言った。

「あのね、レイラのお師匠さんが来てるの！」

◇　◇　◇

我が家のペット達に一旦《いったん》街の外で大人しくしているよう言いつけた後、ネルに案内されたのは、兵達の休憩所のような場所だった。

そして――そこで茶らしきものを呑《の》んでいる、羊角を生やした、一人の老婆。

「へぇ……面白い。勇者の嬢ちゃんから聞いてはいたが、アンタ、本当に魔王なんだね。そっちの小《ち》っちゃな子も、ただの子供じゃあなさそうだ。あの子が気に入るのも頷ける」

彼女は、開口一番そんなことを俺達に向かって言った。

まるで細胞の一つ一つまで観察されているかのような視線に、居心地《いごこち》の悪いものを感じながら俺は、挨拶《あいさつ》する。

「あー……どうも、魔王ユキだ。この子はエン。レイラのお師匠さんだって聞いたが……」

「……おばあちゃん、こんにちは」

「ん、あぁ、こんにちは。失礼したね、アタシはエルドガリア、羊角の一族だ。アンタのことは、隣にいる勇者の嬢ちゃんと、エミューから聞いたよ。ウチの弟子が世話になっているようだね」

ポンポンと丁度いい位置にあるエンの頭を撫《な》で、彼女はそう言った。

エミューというのは……魔界で出会ったレイラの妹分だったな。

血は繋《つな》がっていないそうだが、レイラとは仲が良かったのを覚えている。

名：エルドガリア
種族：羊角
レベル：69
称号：真理の探究者、幻影の魔女、イリュージョンマスター

分析スキルを見る限り、典型的な魔術師タイプのばーさんのようだ。かなり強い。

羊角の一族というのは、学者一門だって話をリューから聞いたことがあるが……なるほど、一族全体でレイラみたいな感じなんだな。

ネルによると、彼女もまた魔界王フィナルが呼んだ助っ人の一人らしい。

「いや、世話になってるのはこっちだ。レイラがいないとウチはもう回らないから、いつもすごい助けられてるよ」

「へぇ……あの子は確かに面倒見が良かったが、一所に留まってるってことは、相当アンタらが気に入ったんだろうね。あの子に限って、探究に対する熱意が消えたってこともないだろうし……」

「あぁ。普段はそうでもないんだが、何か好奇心を刺激されることがあると、もう凄《すご》いな」

その俺の言葉に、彼女は申し訳ないような顔をする。

「あー……悪いね。ウチの一族には大なり小なり好奇心に正直な面があるんだが、レイラは幼い頃《ころ》からとりわけそれが強かったんだ。里の者も面白がって色んなことを教えていたら、ウチの種族の特性をギュッと詰め込んだ、ちょっと手の付けられない子になっちまったんだよ」

ハァ、とため息を吐《つ》くお師匠さんに、俺とネルは顔を見合わせて苦笑を溢した。

「ま、まあ、別に好奇心が強いことは悪いことじゃないし、何も困ることなんてないさ。な、ネル」

「うん、レイラはとっても頼りになる良い子ですよ、エルドガリアさん」

「そう言ってくれると、あの子の師である身としては嬉《うれ》しい限りだよ……困った性格でも良い子ではあるから、色々至らない点もあるだろうけれど、妻として愛してやっておくれ」

「あぁ――いや！　ちょ、ちょっと待ってくれ、レイラのお師匠さん。俺とレイラは別に、夫婦って訳じゃないぞ」

「……？　そうなのかい？　勇者の嬢ちゃんからの話を聞いて、アタシはてっきり、レイラも複数人いるっていうアンタの妻の一人なのかと思ってたんだがね」

そう言って、怪訝《けげん》そうな表情を浮かべる羊角のばーさん。

「ネルさん……？」

「いっ、いや、その、レイラもほとんど家族みたいなものでしょ？　だから、お師匠さんには『身内みたいなもの』って説明してて……えへへ」

誤魔化《ごまか》すように笑うネル。

くそう、可愛《かわい》いから何も言えないじゃないか。

……まあ実際、レイラは家族みたいなものだと俺も思っているし、その説明も間違いではないだろうけどさ。

「その……レイラにはウチで住み込みで働いてもらってるが、別に男女の関係って訳じゃないんだ。そりゃあ、仲良くさせてもらってはいるが……」

「あの子は全く……まあいい、わかった。今度一度、アタシらの里に遊びに来な。レイラに言いたいこともあるし、歓迎するよ」

「あぁ、是非、遊びに行かせてもらうよ」

と、そう話しているところに、一人の兵士が駆け寄ってくる。

「ユキ様、エルドガリア様ですね。王の方々がお呼びです」

「む、もうちょっと話していたいところだったけど……仕方がないね。はいはい、今行くよ」

「ネル、エンを見ててくれ。エン、ネルとちょっと待っててな」

「ん、わかった」

「……ネルと待ってる」

そうして彼女らと別れ、レイラのお師匠さんと共に兵士に案内されたのは、一際豪華なテント。

中にいたのは、簡易円卓を囲んで作戦会議らしき話し合いを行っている、王達。

魔界王フィナル、アーリシア国王レイド、エルフ女王ナフォラーゼ――そして、ドワーフ王ドォダと、獣王ヴァルドロイ＝ガラード。

最後の二人は、エルフの女王同様に、以前魔界にて交流を深めた二人だ。

見る限り、魔界王が会議の進行を担っているらしい。ヤツの頭の良さを、皆認めているのだろう。

テントの中に入って来た俺達を見て、彼らはチラリとこちらに視線を送ってくるが、やはり重要な会議中であるためか、声は掛けてこない。

挨拶したいところだが、後にした方が良さそうだ。

俺達はテントの端の椅子に座り、会議の傍聴を始めた。

◇　◇　◇

――この男、儂《わし》らに隠し事をしておるの。

会議を進める魔界王を見て、エルフの女王ナフォラーゼは、内心でそう考えていた。

「どうやら敵は、帝都ガリアにて罠《わな》を張って待ち伏せしているようだ。つまり、短期決戦の構えを見せている。僕は、これに乗りたいと考えている。だからみんなにも、こうして準備して集まってもらった」

「包囲して補給を断てば、何もせずとも勝てるのではないか？　それだけの戦力はこちらにあろう？」

　そう問い掛けるナフォラーゼ。

「それはそうなんだけどね。でも、今も言ったように、僕は出来れば短期決戦で事を終わらせたいと考えている。何故《なぜ》なら、長期戦は国力をダイレクトに削り合う、不毛な争いだからだ。しかも、宣戦布告をして来たのは向こうである以上、戦争に対するあらゆる準備は終えている状況であると考えられる」

「……つまり、こちらが長期戦の構えを見せても、それに対応するだけの策は整えてあると？」

　アーリシア国王レイドの言葉に、魔界王はコクリと頷《うなず》く。

「そう考えるべきだね。長期戦に真正面から耐えられるだけの物資を揃えたのか、それともこっちを罠に引きずり込むだけの策を用意してあるのか。少なくとも、向こうも大国で力があるから、長期戦になってもそれなりに耐えられるのは間違いない。ならば僕は、多少急《せ》くとしてもこの誘いに乗りたい。十年二十年戦争を続けたくはないんだ」

「いいんじゃねぇか？　何よりこっちが待つのは、性に合わんしな！」

「性の云々《うんぬん》で戦略を決めたくはないが……ま、俺もドワーフ王に賛成だ。獣人族は、戦力として貢献は出来るだろうが、物資の供給に関して最も貧弱なのは否めん。あまり長引くと、我々は脱落してしまう。援助をしてもらうとしても、互いに限度があるだろうしな」

　ドワーフ王と獣王が、それぞれ賛成の意を示す。

　だが、やはりナフォラーゼは、魔界王の態度に怪訝なものを感じていたが……特に指摘はせず、進む会議に耳を傾ける。

根拠がある訳ではないものの、それなりに長い付き合いであるため、わかる。

魔界王は何か、口で説明している理由とは別の理由で、短期決戦を望んでいる。

……もしかすると、何かしら他の王には言えない筋からの情報でも、魔界王は得ているのかもしれない。

戦略を決めるような重要な会議での情報の隠匿など、普通であれば裏切りを糾弾されても言い逃れ出来ないところだが……しかし、フィナルは腹黒ではあっても、誠実な男だ。

そして、常人の二倍も三倍も頭の回転の速い、賢い男だ。

その情報をフィナルが伝えるべきではないと判断し、隠しているのならば、きっとそうした方がいいのだろうと、ナフォラーゼもまた黙っていた。

「勿論《もちろん》、罠に自分達から突っ込んで行って全滅、という結果にする訳にはいかないから、対抗手段は用意してある。――エルドガリアさん、ユキ君」

――魔界王が俺達の名を呼ぶと同時、会議に参加している者達の視線がこちらに集中する。

俺は彼らと知り合いなので、俺もまたレイラのお師匠さんの方に顔を向けると、こちらの意図を察してくれたらしく、彼女が先に挨拶をする。

「羊角の一族のエルドガリアだよ。外じゃあ『幻影の魔女』と呼ばれている」

「幻影の魔女……！　それは、凄い助っ人を連れて来たものであるな」

「幻影の魔女……人間の私でも知っている名ですな」

レイラのお師匠さんの自己紹介に、驚いたような声を漏らすエルフ女王とアーリシア国王。

へぇ、この反応からすると、結構な有名人なのか。

……まあ、あのレイラの師匠だもんな。

むしろ、名を知られていない方が不自然か。

「みんなも知っているだろうけれど、羊角の一族は物事の分析に関しては一番の種族だ。帝都に着いたら、向こうが何を仕掛けているのか視《み》てもらう。それに、彼女は魔法のエキスパートだから、それ以外の面でも色々頼りになると思うよ。――ユキ君の方は、ま、もう言わなくてもいいね」

「ドワーフ王、獣王、久しぶりだ。アンタらもいてくれるんなら、心強い」

「おう、そりゃあこっちのセリフだぜ！　お前《め》ぇさんがいてくれるなら、心強い。俄然《がぜん》勝ちの目が増えるってもんじゃぜ」

「うむ、山のに同感だ。ザイエンは達者にしてるか？」

「あぁ、毎日元気いっぱいだよ。今日も連れて来てるから、後で挨拶させよう」

そうして彼らと軽く挨拶を交わした後、俺は魔界王へと顔を向ける。

「で――魔界王。対抗手段って言ってたが、俺、何をするのかまだ聞いてないぞ」

「それは、また後で説明するよ。それよりユキ君、ここまでの説明で、何か気付いたこととかあるかい？」

特に深い考えがあって聞いてきた訳ではないだろうが……突然そう聞いてくる魔界王に、俺は言葉を詰まらせる。

「え、気付いたことっつわれても……敵は帝都に籠《こも》ってるんだろ？　俺も、罠を張ってんだろうなってくらいしか――」

――待てよ。

ネルが言っていた。

敵に、魔王がいるかもしれない、と。

そして、一見すると不利にしか思えないような、待ち一辺倒の用兵。

となると、考えられる可能性は――。

「――もしかすると、帝国はダンジョンなんじゃないか？」

呟《つぶや》いた俺の言葉は、そう大きなものではなかったが……王達が、一斉にこちらへ顔を向ける。

「ダンジョン……？　ユキ君、詳しく聞いてもいいかな」

「これは、本当なら言いたくないことだが……一応俺も協力者だから、ある程度は説明しよう。ダンジョンは……あー、生命エネルギーみたいなものを他者から得て、自らの糧にしてるんだ」

ＤＰがダンジョンの生命線である以上、全部を教えることは出来ないので、ボカして説明する。

「生命エネルギー？」

誰かの反復に、俺は頷く。

「あぁ。つっても、寿命を奪ったりしている訳じゃないぞ。そうだな……生物が体内から発する余剰分のエネルギーや、生物が死ぬことで発生するエネルギーなんかを吸収し、ダンジョンはそれを変換して魔物を生み出したり罠を生成したりするんだ」

この説明が合っているのかどうかは正直知らないので、デタラメと言われたらその通りなのだが、俺は大体こういう感じで納得している。

これで全《すべ》てが説明出来る訳ではないだろうが、そう間違ってもいないとは思うのだ。

その生命エネルギー的なものを、わかりやすくＤＰと表現しているだけで。

「要するに、そこで生物が生き死にすると、相手に力を与えることになるって訳だ。戦場として選んだ場所の全てがダンジョンになっていたら、そこで出た戦死者の数だけ相手はエネルギーを得ることになる」

「なるほど……そう言えば、ローガルド帝国には魔物を使役する術《すべ》があるようだけど、もしかしてその魔物達も、魔王の配下だったたってことかな？」

「可能性はある――いや、高いだろうぜ。ダンジョンの魔物は、基本的に命令には忠実だ。戦力として言うことを聞かせるのは、全く問題ないだろうさ」

幽霊船ダンジョンを支配下に置いた際、俺に対してレイスが反抗してきたように、絶対服従という訳ではないようだが、普通にやっている限りじゃ俺の命令は全て聞く。

……そう言えば俺自身、ローガルド帝国なる国が、魔物を使っているのは見ているな。

龍の里へ向かう途中で、たまたま遭遇した飛行船を助けた時だ。

あの飛行船は、虫型の魔物に襲われていた。

虫型の魔物は自らの意志が希薄だ。その分融通は利かないだろうが、数を揃えて命令を忠実に守らせるには、最適な魔物だろう。

考えてみれば、あれがダンジョンの魔物であった可能性は高い。

雑魚《ざこ》だったのでロクにステータスも確認しなかったが……ちゃんと見ておくべきだったな。

ダンジョンの魔物であったならば、俺のペット達と同じように『魔王の眷属《けんぞく》』と称号に出ていた可能性は高い。

「話を聞く限りだと、帝国はかなりの範囲をダンジョン化させているんじゃないか？　仮に包囲しようとしても、アンタらが包囲の軍を敷くところまでダンジョン化されてたら、多分人魔連合軍とかってのは一生自給自足出来ると思うぞ。生命エネルギーは、食料にも変換出来る」

ダンジョン領域を避けるために、包囲の範囲を広げたら広げたで、包囲自体の効果が薄くなるだろうしな。

……こう考えると、やっぱり敵に魔王がいるという予想は、かなり確度が高そうだ。

多分、俺が敵魔王でも、同じような戦略を取るだろう。

結局のところダンジョンは、防衛戦の方が得意だ。自分から攻め込むよりは、攻め込まれる方が圧倒的に対処が容易《たやす》い。

仮に俺のダンジョンがどこかと戦争となった場合、俺もどうにかして自陣に引きこもれるような策を取るだろう。

「ふむ……辻褄《つじつま》は合う、か……ユキ君が味方にいてくれて、本当に良かったね。どうかな、みんな。彼の説明を聞く限りだと、やっぱりこのまま帝都まで攻め込んだ方が僕はいいと思うけど。長期戦は、敵の方が利が多そうだ」

その魔界王の言葉に、異議を唱える者はいなかった。

「――よし、じゃ、方針は決まったね。みんな、進軍を開始しよう」

◇　◇　◇

「おにーさん……気を付けて。いくらおにーさんが強いと言っても、戦いで何が起こるかなんてわからないんだから。しかも、相手が何かを企《たくら》んでることは確実。決して、無理はしないで」

俺の両手をギュッと握り、心配そうな眼差《まなざ》しでそう言ってくるネル。

俺は、コツンと彼女とでこを合わせ、間近から彼女と視線を合わせる。

「わかってる。今回ので俺が優先するのは、エンと、ペットどもと、俺自身だ。それを念頭に動くよ」

敵は、潰《つぶ》す。因縁のある悪魔族どもが相手となれば、尚更《なおさら》だ。

そしてこの戦争に勝てれば、俺にとって大きなプラスとなる可能性が高い。

だが――命を賭《か》ける程ではない。

アーリシア王国が軍を派遣し、戦力が手薄になっている間の国内の防衛に、ネルが回ることになったからだ。

つまり彼女は、今回の戦争には参加しない。

国内防衛も必要であるのは確かだろうが……ネルに戦争をさせたくないという俺の意向を、汲《く》んでくれた訳だ。

そうしてネルの安全が確保された以上、俺が命を賭けるだけの理由はなくなっている。

無論、こっち陣営の『種族無き同盟軍』が勝ってくれた方が都合が良いことは確かだし、義理を果たしたいとは思っているので、本気でやりはするが……彼らには悪いが、死にそうになったら尻《しっ》尾《ぽ》を巻いて逃げさせてもらうつもりだ。

ダンジョン帰還装置という名の緊急離脱手段が俺にはある以上、一撃死しなければ逃げられるし、この肉体はリアルゾンビアタックが出来る程にしぶといからな。

普通だったら致命傷な攻撃でも、死ななければ安いものなのだ。

「……うん。でもおにーさん、情が深いから、口ではそう言っても他人が危なかったら自分の状態も気にせず助けに動いちゃいそうだし……本当に、危なくなったらちゃんと逃げてね？　僕はこの国が好きだし、ここで勇者をすることにしてるけど、それでもやっぱり、僕が一番大事なものはおにーさん達なんだから」

「お、おう……お前に大事って言われるのはすげー嬉《うれ》しいけど、別に俺、そんなヒーローみたいなヤツじゃねーぞ……？」

そう言葉を返すも、ネルは正面から真《ま》っ直《す》ぐ俺の眼《め》を覗《のぞ》き込んで、断定めいた口調で否定する。

「ううん、おにーさんは自分でわかってないだけ。表面上で偽悪的なことを言ってても、結局はみんなを助けようと動いちゃうんだ。僕だけじゃなくて、みんなもそういうところが大好きなんだろうし、でも困ったところでもあると思うんだ」

……正面切ってそんなことを言われると、大分恥ずかしいものがあるんだが。

『……ん。主は、ヒーローみたいにカッコいい』

刀に戻っているエンから、そんな念が俺とネルに伝わってくる。

「ほら、エンちゃんもこう言ってるよ。おにーさんが自分の評価が低いだけだって。だから、本当に気を付けて。何があっても、エンちゃん達と自分を優先して」

「……あぁ、わかった」

いつもより、強い思いの感じられる言葉を、強い眼差しで送ってくるネルに、俺は神妙な表情で頷《うなず》いた。


——進軍に参加する種族は、人間、魔族、エルフ族、獣人族、ドワーフ族。

総勢で、二十万くらいはいるであろう大軍だ。しかも、道中更に戦力は増える予定だというので、恐れ入る。

素人《しろうと》ながら、兵站《へいたん》がヤバそうという感想が出て来るな。

……これだけの大軍勢になっているのが、魔界王が短期決戦にこだわっていた理由の一因ではあるのだろう。

こういう混成軍だと、指揮系統を統一させるのが面倒そうなものだが、そこは魔界王に指揮の全権を任せることで話が纏《まと》まっているらしい。

魔界王が作戦を立案し、それを基に各王が各々の種族を指揮する、という形だそうだが、総大将はヤツということだ。

ちょっと思ったんだが……俺が考えているよりずっと、魔界王は大物なのかもしれない。

国が違い、種族すら違う相手に戦争の指揮権を渡すというのは、つまりは自分達の生死の全てを渡すということだ。

そこに、戦争が終わった後の利権やら何やらが関わってくれば、話はさらにややこしくなる。

にもかかわらず、ヤツがトップに収まっている以上、魔界王フィナルという男がそれだけ周囲から認められているということになる。

俺がヤツに持っているイメージは、腹黒でレイラ並に頭の切れる男、というものだが……それ以上の評価を、王達はヤツに対して持っているのだろう。

ちなみにその王達なのだが、アーリシア国王が後方支援のために臨時本部に残り、それ以外の王達はローガルド帝国まで向かうようだ。

彼らには、王である以上最前線にいるべきだ、という考えがあるのだ。

一国を預かる、または一種族を預かる最高責任者として、正しいのは後方に残ったアーリシア国王の方な気がするのだが……まあ、こちらの世界のヒト種は大概血の気が多いようだし、そういうものだと納得しておこう。

魔物というヒト種を脅かす敵性生物が存在しており、未《いま》だ自然界の生存競争が激しく行われているこちらの世界において、やはり『力』というものは重要な要素であり、トップに立つ者にはそれが求められるのだろう。

ただ、一つ驚いたのは、完全に後方支援型であり、本人も自分が前線向きではないことを理解しているであろう魔界王もまた、後方に残らずこの遠征に付いて来ていることだ。

魔界王自身は「作戦担当の僕が戦場の近くにいた方が、臨機応変に対応出来るでしょう?」なんておどけて言っていたが……ヤツの頭脳は、まず間違いなく後方で発揮されるタイプのものだろう。

総大将になったから、責任を持って、なんて男でもないはずだ。

そこまで付き合いがある訳ではないが、俺は魔界王のことを、どこまで行っても現実主義な男だと思っている。

そりゃあ、前線にいたら敵の策も見抜けるかもしれないが……何か少し、引っ掛かりを覚えるものがあるのだ。

……他の王達の方が俺より魔界王との付き合いが長いようだし、その彼らが特に何も言わない以上、気にし過ぎ、なのかもしれないが。

——引っ掛かりを覚えると言えば、もう一つある。

人魔連合軍の動きだ。

誘引撃滅を狙《ねら》っているのだろうとは思うのだが……それ以外にも目的があるような、何だかよくわからない漠然としている感じで、大分キナ臭いものがある。

何が起こり、何が進行しているのか、『戦争』という物騒なヴェールに覆われて見えなくなっているような感覚があるのだ。

――まあ、だからと言って、俺がやることに変わりはないんだがな。

そこまで上等な頭を持っている訳ではない俺に出来ることは、死の気配を警戒しながら、この魔王の力を用いて俺達の安全を脅かす敵を粉砕することだけ。

俺が出来ることを、やるだけなのだ。

「……………」

リルの背で揺られながら俺は、エンの柄《つか》に括《くく》り付けたソレ――お守りに手を触れる。

これは、ダンジョンを出て来る時に、リューがくれた手作りのお守りだ。

彼女の一族に伝わるもので、愛する者が無事に家に帰れるように、という意味があると、ポツポツと恥ずかしそうにしながら教えてくれた。

どうやらレイラと一緒に、作ってくれたらしい。

……そう言えば、リューの一族がウチにもう一度来るのも、そろそろだったな。

今までリューは、正確に言うと嫁（予定）だった訳だが、これで正式に婚姻関係を結ぶことになる。

約束では、彼らが来たら俺が出向くことになっているし……それまでには、全《すべ》てを終わらせないとな。

俺に、幼女達と、嫁さん達を措いて優先すべきものは存在しないのだから。

「リューとの結婚のための準備、進めとかないとな……」

『……リューは、面白くて、いっつもみんなを楽しませようとしてて、いいお嫁さん』

「おう、そうだな。俺には勿体《もったい》ない嫁さんだよ」

『……リューの元気なとこ、とっても好き』

「あぁ、俺もだ」

そう、エンと雑談を交わしながら、俺は兵士達と共に進軍して行った。

――強く、家族のことを思いながら。

◇　◇　◇

「うーん……すごい量ですねぇ」

魔界王の部下、近衛隠密兵《このえおんみつ》――ルノーギルは、半ば呆《あき》れたように呟《つぶや》いた。

音無の暗殺者とも呼ばれる彼の視線の先にあるのは、人間と魔族、そして魔物の混成軍である。

ローガルド帝国、その帝都『ガリア』の様子を偵察するため、付近に潜入を開始したが……想定以上の戦力が揃《そろ》っていると言わざるを得ないだろう。

彼ら、近衛隠密兵の集めた情報では、ローガルド帝国が属国としている周辺国の兵を合わせても、『種族無き同盟軍』が戦力的に優位に立てると分析されていたが、その予想が覆された形だ。

魔物の戦力化に関する研究は大体どの国でも行われていることだが、ここまで明確に支配下に置いているのは見たことがない。

「虫型の魔物が多いですねぇ……何か理由があるのか、偶然なのか……」

と、偵察を続けていた彼の下に、部下の一人――ユキからこっそり『フードちゃん』と呼ばれていた近衛隠密兵ハロリア＝レイロートが現れ、少し焦った様子で報告する。

「隊長、マズいです。こちらに近付く部隊が二つ程。どうやら侵入に気付かれたらしく」

「ふむ……？　痕跡《こんせき》は残していないはずですが、どこで気付かれましたかねぇ……こちらへの到着は？」

「まだ我々の正確な位置までは把握していないようなので、一刻程は猶予があるかと」

彼女の報告に、少し考えた様子を見せてから、ルノーギルは口を開いた。

「……わかりました。では、あなたは撤退して、ここまでの情報を陛下に届けなさい。他の隠密部隊にも撤退の合図を」

「了解です。隊長は？」

「私は、もう少し潜ってから撤退しますので、お気になさらず」

「なっ、き、危険ですよ！　相手は我々の侵入に気付いているのですよ⁉」

声は抑えられていたが、そう捲《まく》し立《た》てるハロリアに、ルノーギルは淡々と答える。

「ちょっと、情報が足りないですからねぇ。なに、潜入偵察が強行偵察に変わっただけのこと。私、どちらかと言うと、後者の方が得意ですから」

ニヤリと笑い、次の瞬間には、まるで空間に溶け込むようにしてルノーギルの姿がその場から消え去っていた。

「あぁ、もう、あの人は……！」

心配を胸の奥に押し込み、ひと時も時間を無駄にせぬよう、ハロリアは即座に撤退を開始した。

◇　◇　◇

進軍が続き、そろそろ敵国の国境沿いに到達する、という頃《ころ》。

もう大分近付いているのだが、『人魔連合軍』の者達はやはり帝都ガリアに引きこもったままで、全く動きがないようだ。

斥候部隊によると、国境を見張っていた警備兵も、こちらの軍勢が近付いたタイミングで引いていき、帝都の軍勢に合流したとのことだ。

また、ローガルド帝国内の街や村には全く兵力が常駐しておらず、その全てが降伏の姿勢を示しているらしい。

どれだけ徹底して、自分達のテリトリーへ引き込もうとしているのかが、わかろうというものだ。

まあ、こちらは元々、向こうが引きこもりであることを前提に動いている訳なので、警戒を続けつつも先へと進み、陽《ひ》が傾いてきたところで一度進軍を停止。野営陣地の構築を始めた。

すでに幾度も見ているのだが、瞬く間に野営地が出来上がっていくサマは、なかなかに面白いものがある。

この軍は、徴兵された兵士がおらず皆常備兵の集まりであるからか、やはり気持ち良いくらいに手際が良く、三十分もせずに陣地化が終わって、すでに休息に入っているくらいである。

ちなみに、無用な諍《いさか》いを避けるために、テントの配置は種族ごとで分かれているようだ。

当然っちゃ、当然か。他の種族は知らないが、人間とか今まで色んな種族とケンカしてた訳だし。

ただ、命を預ける者同士、というのがやはり仲間意識を育んでいるらしく、意外とどこも仲良くやっているようで、少量の酒と共に野外炊き出し所で交流している様子が窺《うかが》える。

明日には敵国内部に入るだろうことが皆に通達されているので、昨日《きのう》よりも緊張した空気が漂ってはいるがな。

どことなく固い空気を、ヒリヒリと肌で感じながら仮設テント群の間を進んでいき、やがて俺は一つの豪勢なテントの前で足を止めた。

——魔界王のテントである。

俺が来ることは伝わっていたらしく、テント前にいた二人の魔族の兵士がこちらに小さく会釈をした後、一歩横に移動する。

「魔界王、来たぞ。何だ、話って」

テントの垂れ幕を開いて中に入ると、魔界王は何やら覗《のぞ》き込んでいた地図から顔を上げ、こちらを向く。

「お、来てくれたね、ユキ君。そろそろ君にお願いしたい仕事を、説明しておこうと思って」

ようやくか。

何をすればいいのか気になってはいたのだが、今まで「役者が揃ってない」ということではぐらかされていたからな。

「わかった、聞こう」

「じゃ、説明するよ。——僕達本隊が囮《おとり》。ユキ君が奇襲。以上！」

おう、随分とシンプルな作戦ですね。

「……わかりやすくて結構だが、もうちょっと説明をくれてもいいと思うぜ、魔界王さんよ」

「まあ、正直それ以上言うことがないからね。本隊で色々やろうとは思ってるけれど、あくまでそっちは囮。君には、幾つか用意する奇襲部隊——いや、性質的には強襲部隊と言った方が近いかな。それと一緒に敵の首脳部に突っ込んでもらいたいんだ」

そうだな。奇襲ではなく、強襲。

相手がダンジョンを利用しているという仮説が正しかった場合、『マップ』の機能で敵の動きは丸わかりなので、奇襲の効果は望めないだろう。

ダンジョンに関するその辺りの説明は、一から十までではないが、すでにしてある。

「……なるほど。じゃあ、本隊がドンパチやってる内に、空でも飛んで本丸に突撃、って感じか？」

「お、よくわかったね」

え、当たり？

フィナルは楽しそうな、人の悪い笑みを浮かべると、言葉を続ける。

「それに関して、僕達の新たな仲間の紹介を——と、ちょうどいいところで来てくれたようだ。入ってくれ」

「失礼しますよ」

その声と共に、テント内へ入って来たのは――。

「久しぶりだ、魔族殿。我らエルレーン協商連合軍、故あって戦列に並ばせていただく」

見たことのある顔。

「アンタ……飛行船の船長さんか！」

それは、少し前に俺がレフィとエンと共に龍の里へと向かった際、助けた飛行船の船長だった。

「いつかぶりだな。アンタらもこっちの陣営に参加してたのか」

「うむ、この一大決戦に乗れねば、我が国は孤立することになる。それに、長年彼の国には悩まされていたからな。その横っ面を殴れるチャンスとあらば、参加せねば嘘《うそ》だ」

ニヤリと男前に笑う船長。

あの時の話しぶりからして、ローガルド帝国とは敵対しているようだったが……そうか、この船長の国の、エルレーン協商連合ってとこもこっちに付いたのか。

魔族とも敵対している風ではあったが、そんなことを言っていられる段階でもなくなったのだろう。

その辺りは、恐らく魔界王が何かしら交渉した後なのではないだろうか。

「以前、彼らを助けてあげたそうだね。おかげで、ユキ君がこちらの陣営にいるってわかったら、交渉がすんなり纏《まと》まって助かったよ」

「あぁ、役に立ったんなら良かったが……つまり、彼らの持つ飛行船で強襲する、と？」

「そういうこと。ユキ君は彼らの船に乗って、本丸だと思われる帝城に向かってくれ。指揮系統さえ潰《つぶ》せれば、相手が何を企《たくら》んでいようと関係が無い。君なら、それが出来るだろう?」

……なら、ペットどもは、リルを頭にして別ルートで突っ込ませるか。

ヤツらなら、正面突破でも無傷で俺のところまで来られるだろう。

日々、魔境の森で扱《しご》かれているのだ。こんなところでやられちゃ困る。

「……ま、やれるだけはやるがな。けど、悪いが嫁さんに再三自分の命に注意しろっつわれてるもんで、あんまり無茶はしないことに決めてんだ。ヤバくなったら逃げるぞ、俺は」

「無論、それ以外にも手は打つけどね。でも、大丈夫。君ならやれるよ」

いつもと違って裏の見えない、何の疑いもない様子でにこやかに笑い、魔界王はそう言った。

……信頼が厚くてありがたい限りだよ、全く。

◇　◇　◇

――ローガルド帝国第二十二代皇帝、シェンドラ＝ガンドル＝ローガルドは、まるで実験室のような様々な機器が置かれた部屋で、文字や記号が羅列された資料を見ながら、口を開いた。

「報告を」

「ハッ、当初の予定通り、敵軍は我が国の国境を突破。恐らく四十時間程で、相対することになると思われます。そして……申し訳ありません、陛下にお教えいただいた侵入者は、未《いま》だ捕らえられておらず――」

「その者は、もう帝都内だな。中央広場北東の家屋だ。こちらの陣営の確認でもしているのだろう」

報告を行っていた部下の言葉を遮り、皇帝は常に持ち続けている手元の本をチラリと確認し、そう答える。

「だが、其奴《そやつ》はもういい。この場所へ侵入さえされなければ、今更何を見られても構わん。ここへの出入口のみ固めておけ」

「は、ハッ！　畏《かしこ》まりました」

「魔族どもは」

「大人しく布陣に参加しております。何か企みはあるかと思われますが……少なくとも今大戦中は、味方と考えてよろしいかと」

「警戒は続けろ。奴らは――奴らの頭であるあの赤毛は、人の言いなりになる性質《タチ》ではない。今は牙《きば》を剥《む》くタイミングを窺っているだけに過ぎん」

「……畏まりました。奴らを監視している兵には、注意を促しておきます」

「急げよ。決戦は近いのだ。万が一にも失敗は許されん」

部下の兵士は、敬礼をし、急ぎ足でその場を去って行った。

「……この世は永遠《とわ》に変わらず、ヒトは常に争い続ける。誰《だれ》も彼もが生にもがき、他を踏《ふ》み躙《にじ》る。地獄とは、この世そのもの」

呟《つぶや》き、シェンドラは『ソレ』を見上げる。

「故にこそ、覇を目指すには、ヒトの手でそれを為《な》すには、世を黙らせるだけの圧倒的な力がいる。

生き抜くための、力が。——なぁ、そうだろう？　冥界の王よ」

その独白に答える者は、まだ、いない。

◇　◇　◇

そして、その時は訪れる。

ローガルド帝国帝都『ガリア』にて、『種族無き同盟軍』、『人魔連合軍』。

帝都を囲う巨大な防壁を挟み、その二者が向かい合って陣を並べる。

種族無き同盟軍は、その名の示す通りバラバラな種族の者達が、命を預け合う戦友として共に戦列に並び。

対する人魔連合軍は、人間と魔族のみならず、無数の魔物すらもその陣容に加えた、異様と言っても良いような軍勢で決戦の時を今か今かと待ち構えていた。

「報告は聞いていたけれど、これは凄《すご》いね……」

眼前に広がる光景を見て、魔界王は感心すら窺わせる声音でそう呟く。

「ある程度の小集団ごとで、纏まりが取れているのか……羊飼い、と言うには従えているものが物騒だけれど」

彼が見ているのは、魔物達と、その中にいる者の姿である。

十四かそこらの魔物の集団の中に、必ず一人人間の兵士がいるようで、その者達が魔物を従えているようだ。

その魔物の部隊は、帝都を囲う防壁の内側には入っておらず、壁を挟んで外側を埋め尽くすように布陣している。

厄介そうなのは、空を飛ぶ翼や翅《はね》を持った魔物達か。

同盟軍側も、翼持ちで揃えた魔族の部隊を用意してはいるが、空戦戦力に関して言えば、分があるのはあちら側だろう。

——鍵《かぎ》は、空を抑えられるかどうか、だね。

思考を続けながら魔界王は、隣に立つ女性へと声を掛ける。

「エルドガリアさん、どうかな？」

「あの魔王が言っていた通りさね。どこもかしこも罠《わな》だらけさ。ここから二十メートルも行けば罠地帯が広がっているよ」
ス、と鋭い眼差《まなざ》しで周囲を観察しながら、そう答える羊角の老女、エルドガリア。
彼女の眼《め》には、地面に仕掛けられた数多《あまた》の魔力の痕跡《こんせき》が見えており、その数の多さに半ば呆《あき》れたような表情を浮かべていた。

どのような罠なのかまでは流石にわからないものの、まず間違いなく設置型の、近付いたら作用するタイプの罠だろう。

巧妙に隠されてはいるが、エルドガリアの目にはそれらの全《すべ》てがしっかりと映っていた。

「足の踏み場もないくらいかい？」

「足の踏み場もないくらいだ。何も知らずに突っ込んでいたら、こっちの二割は削れていたかもね。――っと、幻影体が今、消されたよ」

「了解。全く……予想はしていたけれど、こういうのは形式を大事にするものだろうに」

形式に則《のっと》り、相手側に送った交渉用の幻影体。

その術者であったエルドガリアは、幻影体との魔力のリンクが切れたことで、それが消されたことを悟る。

魔界王の言葉に、エルフ族の女王ナフォラーゼが答える。

「ま、向こうはすでに宣戦布告を行っておる訳じゃし、最後通牒《さいごつうちょう》を受け入れぬのもわからぬ話ではないであろう。不遜《ふそん》であることに違いはないがの」

「彼らはもう、本当になりふり構わない感じなんだね……と、ナフォラーゼちゃん、皆の準備は良さそうかい？」

「うむ。滞りなく完了しておる。そろそろ、ドワーフどもと獣人族どもが痺《しび》れを切らす頃《ころ》であろう」

「わかった。――拡声魔法の用意を」

魔界王の指示に、彼の部下が声を増幅させる魔法を発動する。

それを確認してから、魔界王はスゥ、と息を吸い込むと、珍しく力の籠《こも》った様子で、声を張り上げた。

『諸君！　そろそろ戦争の時間だ。僕から君達に言うことはただ一つ。全て手筈《てはず》通りに。そうすれば、勝たせてあげよう！』

『ウオオオ――ッ‼』

武器を天に掲げ、足で大地を踏み鳴らし、空間が震える程の鬨《とき》の声《こえ》をあげる兵士達の姿に、魔界王は一つ頷《うなず》くと、言葉を続ける。

「始めよう。――香を」

「ハッ！　香焚《た》き開始！」

そして、彼らの陣営のあちこちから煙が昇り始める。

◇　◇　◇

その変化に最初に気付いたのは、人魔連合軍の中で魔物を率いる、『魔物番』と呼ばれる部隊の者達だった。

「ギチチチ……」

「グルルル……」

「……？　おい、どうした？」

魔物達が突如として興奮を始め、今にも暴れんと強く唸《うな》り出したのだ。

初めは敵が見えたことで興奮しているのかと思われたが、それにしては様子がおかしい。

興奮の度合いがあまりにも強く、まるでいきなり野生に戻ったかのような、制御し辛《づら》い状態となっていた。

その異常は何も一部隊に限った話ではなく、どの魔物番の部隊でも見られ、俄《にわ》かに連合軍の動きが慌ただしくなる。

まだ合図も出ていない以上、勝手に動かす訳には当然いかず、故に必死に魔物達を抑えていると、ふとその時、甘い香りを彼らの鼻腔《びこう》が感じ取る。

それが、敵の同盟軍の中から不自然に立ち昇る煙によるものだとわかった時、ようやく彼らはこれが敵による攻撃であるということを理解する。

「ッ、マズい、奴ら煙に何か混ぜやがった……‼」

——同盟軍の者達が焚き、風魔法で運ばれてきた煙。

その正体は、数多の植物を寸分違《たが》わぬ分量で調合することにより出来上がる、魔物の理性を失わせ、凶暴化させる『魔寄せ』と呼ばれる香である。

従魔を持つ習慣のある、エルフの有する秘術の一つであった。

香が効果を示したことを確認した魔界王は、次の指示を出す。

「法撃隊、釣り出し開始」

「釣り出しィ始め‼」

「釣り出しィ始め‼」

指示が復唱され、即座に呼応した魔術師部隊が、攻撃と言うには些《いささ》か薄い、様々な魔法を帝都へと向かって放つ。

それが敵を撃滅することを目的としてのものではないことは、連合軍の者達にもよくわかっていた。

「クソッ、魔物どもを抑えろッ！」

「やってるッ！」

興奮し、野生生物としての本性を刺激された状態の魔物達が、敵から攻撃を受ければどうなるか。

――それは、制御を振り切っての暴走の開始である。

「ま、待てッ‼」

「止まれッ‼」

必死の制止ももはや意味をなさず、大地が揺れる程の勢いで、統率も何もなく同盟軍へと突撃を開始する魔物達。

彼我の間にあるのは、連合軍側が仕掛けた大量の罠。

瞬間、そこかしこで轟音《ごうおん》が唸り、爆炎が立ち昇り、殺人的なまでの光が乱舞する。

自ら罠に突っ込んだ魔物達は、モロにそれを食らって消し炭になり、吹き飛び、バラバラになり――だが、数が圧倒的であった。

爆発や地面から立ち昇る雷撃などを食らいながらも大地を走り抜け、あるいは翅や翼を持ち、空を飛べるために罠に引っ掛からなかった魔物達が、無秩序に同盟軍の陣へと殺到していく。

「香焚きやめ。迎撃準備。さあ、ここからが本番だ。気合を入れて行こうか」

『応ッ‼』

同盟軍の者達は、溢《あふ》れる戦意のままに、迎撃を開始した。

――戦端は、魔界王の策に引き込まれる形で、開かれた。

◇　◇　◇

「貴様ッ、どこから……ッ⁉」

首筋からブシュゥ、と血を吹き出し、重装備の兵が次々と崩れ落ちる。

一人、帝都に残って潜入を続けていたルノーギルは、出来上がる血溜《ちだ》まりの中を音も無く進んで行く。

「なッ……⁉」

「失礼しますよぉ」

――空間魔法と音魔法を駆使しての暗殺を得意とする彼には、その隠密技術の高さを見込まれ、主である魔界王から直々に下された命が一つ存在した。

それは、魔王ユキの誘導が出来るように、敵の本陣及び皇帝の位置情報を得ること。

外の勢力と言っても良い魔王ユキに危険を伴う奇襲を頼む以上、その位置の割り出しはこちらでせねばならないという指示から、彼は潜入を続けていた。

ただ――ルノーギルは、本陣はすでに見つけていた。

守りが固く、近付くことは出来なかったが、伝令らしき兵が慌ただしく走り回っている様子と、大将らしき者が指示を出している様子は確認している。

その後ろで、皇帝のような派手な恰好《かっこう》に身を包み、豪奢《ごうしゃ》な椅子にどっかりと座っている者の姿も。

しかし、仕事柄どっぷりと裏の世界に浸《つ》かっている彼は、それが偽装であるということを見抜いていたのだ。

彼が怪しんだ理由は、一切指揮をしようともしない皇帝の姿と、些か前線に近過ぎるその本陣の位置である。

将は本物だろうが、皇帝が恐らく偽物だ。

ローガルド帝国皇帝は、ルノーギルの主である魔界王フィナルと同じく謀略を得意とし、軍師として才覚を発揮する王である。

にもかかわらず、果たしてあんな無防備に自分達の姿を晒《さら》し、兵の指揮を部下の大将に丸投げなどするだろうか。

軍事に明るくないのであれば任せるのもわかるが、今までは戦争でもバリバリ陣頭指揮を執っていたらしいということは、事前の情報収集でわかっているのだ。

である以上、アレは偽物。

潰《つぶ》したところで、この軍は止まらない。

そう考えたが故に彼は、追手を躱《かわ》し、見張りを殺害し、潜入を続け――そしてふと、ある壁の前で立ち止まった。

――地下への隠し階段ですか。悪いことを考えるには、最適な場所ですねぇ。

感じ取った構造の違和感と、直感のままに壁を精査した彼は、そこに地下へ続く階段を発見する。

無造作な足取りで、しかしひと時も警戒を緩めることなく階段を降り切ると、その先で立ってい
た見張りの兵二名を一息に殺害し、彼らが守っていたらしい扉の前に立つ。
当然、鍵は厳重に掛けられていたが、彼は腰の剣でロック機構を斬り壊すことにより、物理的に
無効化する。
それなりにデカい音がするはずのルノーギルの動作は、しかし彼が同時に発動している音魔法に
よって、全くの無音であった。
「……おやおや、これは……」
——扉を開いた先に広がっていたのは、巨大な研究所。
地下四階分程はくり抜かれているだろう、非常に広い空間。
天井や壁、至るところに幾本もの巨大なパイプが通っており、設置された様々な機器を研究員ら
しき者達が操作している様子が窺《うかが》える。
一角には、歪《いびつ》な形をした死体らしきものが数多《あまた》置かれており、エルフの里を襲った人工アンデッ
ドはここで造られたものであるようだ。
そして、研究所の中央に鎮座する、何か巨大な骨のようなもの。
その骨にパイプやら魔法陣やらが接続され、多くの研究員が何かを施しており、あまりの不穏さ
にルノーギルは眉《まゆ》を顰《ひそ》める。
この戦時下においてなお、熱中して骨弄《いじ》りをしているのである。
それが、ロクでもないものであることは間違いないだろう。

――兵器か、それに準ずる何か、といったところですかねぇ。

ルノーギルが出た場所は、地下研究所の天井付近に設置された連絡通路と思《おぼ》しきところだったようで、内部全体を見下ろしていた彼は、恐らくここが敵の心臓部であろうと確信する。

敵が、帝都まで種族無き同盟軍を引き込んだ理由と、コレは確実に関係がある。

故に、更なる調査をせんと――背後で微《かす》かに鳴る、空気を裂くような音！

自らが音魔法を操るがために、周囲の音に対して非常に鋭敏な感覚を持つルノーギルは、通常ならば研究所の喧噪《けんそう》に紛れ聞こえないであろうその音を感じ取った瞬間、自身の本能が命じるままに回避行動を取る。

刹那《せつな》遅れ、すぐ脇《わき》を数本の短矢が通り過ぎるのを視界の端に捉《とら》えながら、即座に戦闘態勢へと移行した彼は、天井からナイフを手に降ってきた敵を紙一重で躱し、お返しにその着地際に合わせ首筋を掻《か》き切る。

血を爆《は》ぜさせる敵を通路の手摺《てすり》から蹴《け》り落として空間を確保し、短矢を放って来た残りの敵も排除すべく剣を向けたルノーギルだったが、迎撃はすぐに諦《あきら》める。

背後から迫っていたのは、全身黒尽《ず》くめで顔まで隠した、恐らく同業と思われる者達だった。

その数は十を超えており、倒せないこともないだろうが、少々時間が掛かってしまうのは間違いない。

時間は敵だ。何せ、ここは敵の本拠地なのだから。

おかわりなど、いくらでもやって来る。

一旦《いったん》引いた方が良いだろうと判断したルノーギルは、空間魔法を発動して少し前に設定しておいた座標へと転移する。

刹那の後に周囲の景色《けしき》が切り替わり——次の瞬間、左腕が吹き飛ぶ。

起こったのは、小規模な爆発。

血が爆ぜ、身体《からだ》の左半身の至るところが焦げ、千切れた腕から神経を垂らしながらもルノーギルは、二撃目に備え俊敏な動きで大きくその場から退避する。

致命傷とも言えるその怪我《けが》に渋面一つ作らず、だが静かに彼は、自身が策に嵌《は》められたことを悟る。

敵は、読んでいたのだ。

戦力的に不利と判断した自分が、空間魔法でここに一度引くであろうことを。

「ふむ……この距離で直撃を回避するのか。流石《さすが》、地下研究所を発見するだけはある。全く、随分と這入《はい》り込んでくれたものだ」

そこでルノーギルは、転移先で待ち構えていた敵の姿を視認する。

「……おやおや、皇帝陛下自らがお出ましですか。これは、手厚い歓迎ですねぇ」

敵は、研究者らしい恰好に身を包み、何か本のようなものを小脇に抱えている皇帝と、その護衛の近衛《このえ》と思われる黒尽くめ達。

やはり、本陣にいた皇帝は影武者であったようだ。

——せっかくご本人がいらしてくれましたが……ここで彼を殺すのは、ちょっと難しそうですねえ。

皇帝のすぐ傍《そば》にいる魔法兵らしき者達が、皇帝の周囲に何重もの防御魔法を張り巡らせているようで、あくまで暗殺者である彼にはアレを突破するだけの火力は存在しない。

精鋭であろう近衛を相手しながらあそこに辿《たど》り着《つ》くのは、不可能だ。

有り体に言って、絶体絶命であった。

「知っているぞ、侵入者よ。空間魔法は決して使い勝手が良いものではない。貴様が転移出来るのは、目視の範囲内か予《あらかじ》め設定しておいた座標のみ。距離が離れれば離れる程、指数関数的に魔力消費も増していく。故に、敵地に潜入している最中で魔力消費を抑えねばならん貴様は、あまり遠くへと転移することが出来ん。逃げるならここだと思っていた」

「あらら、随分詳しく知られちゃってますねぇ……私の動きは、筒抜けだったのですか」

「とある手段で、お前の動向は一から十まで見えていた。すでに、他の座標が設定されていると思われる場所も押さえてある。それを信じるかどうかは、好きにすれば良いが」

「ふむ？　その割には、随分と泳がしていただいたようですねぇ？」

「あぁ。なんせ、私しか貴様の動きがわからんからな。貴様のような強者《つわもの》の前に出る訳にも行かぬ故、ここまでは放置していたが……ま、今からはしっかり歓待してやる。それで許せ」

適当な態度で、そう言い放つ皇帝シェンドラ。

同時に、近衛の部隊の者達が、警戒しながらジリジリと、だが確実に距離を詰めてくる。

「これは、引き際を見誤りましたかねぇ……致し方ありません。自らの尻拭《しりぬぐ》いは、自らで行うと、しましょう――ッ‼」

一つため息を吐き出したルノーギルは、次の瞬間、獰猛《どうもう》な笑みと共に駆け出し、剣を振るった。

◇　◇　◇

――戦闘開始から、五日が経過した。

人魔連合軍の者達は、一時魔物達の制御を取り戻すが、手を変え品を変え繰り出される魔界王の策に翻弄《ほんろう》され続け、魔物部隊がほぼ壊滅。

魔物以外も、この短期間ですでに連合軍は、全体の一割の兵を喪失していた。

種族無き同盟軍の者達も、それだけの激しい戦いになったため被害は出ていたが、面白いくらいに削れていく敵の姿を見て戦意を滾《たぎ》らせ、未《いま》だ開戦当初の熱気を保っていた。

ここまでは、同盟軍が優位に戦争を進めているが――彼らの総指揮官である魔界王は、本部テントの中で、戦闘詳報を見て険しい表情を浮かべていた。

――何かが、おかしい。

元々不可解なことの多いこの戦争だったが、やはり、おかしい。

どういう訳か、敵が、損害を度外視している節があるのだ。

こちらの策が上手《うま》く機能している、というのはあるかもしれないが、それにしても敵が大人《おとな》しい。

宣戦布告してくる間近まで、一切自分達の気配を感じ取らせなかった用意周到な敵にしては、あまりにも脆《もろ》過ぎる。

何だか、敵の手の平の上で踊らされているような気持ち悪さがある。

時間稼ぎを狙《ねら》っているのかと思い、援軍などで挟撃されるのを防ぐため、周辺地域に偵察を放ってはいるが、今のところ警戒網に引っ掛かるものは何も無し。

帝都以外に敵の気配は微塵《みじん》もなく、別動隊が動いている様子もない。

この不確かな感覚、いつもならば情報が出揃《でそろ》うまで一旦立ち止まるのだが――そのために放った自身の右腕、音無の暗殺者とも呼ばれるルノーギルが、未だ帰還していない。

ルノーギルの密偵としての実力は、魔界随一であると魔界王は考えていた。

故に彼が帰って来ない以上、他の密偵を放っても意味はないだろう、とも。

であれば、警戒は続けつつも、自身の策を信じて突き進むしかない。

すでに賽《さい》は投げられたのだ。

フゥ、と息を吐き出すと、魔界王は椅子を立ち上がってテントから出る。

すでに夜も更《ふ》け、立ち込める血臭や焦げ臭さは消えないが、大地に転がる大量の骸《むくろ》を夜の帳《とばり》が覆い隠している。

ただ、夜番の兵も多くいるため活気は消えておらず、彼らに敬礼されながら簡易陣地の中を進んで行き、数分もせず目的地であった陣地の出入口部分へと辿り着く。

そこで待っていたのは、獣人族の王――ヴァルドロイ。

「来てくれたか、ヴァルドロイ君。君達の出番だ」

「任せよ。この大役、見事果たしてみせよう」

魔界王の言葉に、獣王は獰猛な笑みを浮かべ、コクリと頷《うなず》く。

彼の背後に控えるのは、整然と並ぶ獣人と魔族からなる混成部隊。

足が速く、夜の闇《やみ》をものともしない夜目を持った――つまり、夜襲を得意とする者達が揃えられ、濃密な闘気と殺気を身に纏《まと》っている。

その顔には、光の反射を抑えるため幾つかの塗料で迷彩が施され、着込んだ鎧《よろい》も腰に備わった剣も、くすんだ色になるようペイントが施されていた。

「……それにしても、本当に君も前線に出るのかい？　確かに、彼らの指揮を頼みはしたけれど……」

「俺がここに残っていても、何もすることがない。案ずるな、なるべく俺自身は戦わんようにするさ。仮に死したとしても、後任に関するあれこれはすでに終わらせてある。この戦争が終わるまで、もはや我ら獣人族が止まることはない」

「……わかった。念を入れるようだけど、魔物の攻撃でほとんど無効化したものの、まだ残っている罠《わな》もある。事前にエルドガリアさんが示した安全なルートを通るように頼むよ」

「あぁ、設置されていることがわかっている罠にわざわざ突っ込む真似《まね》はせん――」

と、彼らが話しているその途中で、エルフの伝令兵が足早に駆け寄り、声を張り上げる。

「報告！　右陣にて変異型アンデッドが出現！　現在、夜番の兵が交戦中です！」

「ん、来たか。数は？」

「およそ三十です！」

「わかった。すぐに援軍を送ろう。けど、そちらだけに目を向けてはダメだ。恐らくそれは陽動、どこか別の場所から奇襲を仕掛けてくる可能性があるから、監視網を密に。敵は転移魔法を使って特定の座標から兵を送り込めるようだからね」

「ハッ！」

フィナルの指示は、エルフの兵士達が持つ魔法『ウィスパー』によって即座に陣の端まで伝わっていき、俄《にわ》かに同盟軍の陣営が騒がしくなり始める。

「む、フィナル、我らはこのまま作戦を進めていいのか？」

「あぁ、気にしないでいい。僕達に流れを取られているから、向こうはそれを断ち切りたいんだろう。ここで作戦を中止することは、敵を利することになる。こっちはドォダ君と協力して対処するよ」

「おうよ、防衛は儂《わし》らに任せな、獣人の！　ガッハッハ、例のアンデッドは斬り甲斐《がい》があるから、楽しみじゃぜ！」

豪快に笑うドワーフ王ドォダの姿を見て、獣王はフッと笑みを溢す。

「了解した。戦友がいると頼もしいものだ。うむ、任せたぞ、山の」

ガッチリとドワーフ王と握手を交わすと、獣王は背を向け、控えていた部隊と共に夜陰の中を出撃して行った。

「ドォダ君、人工アンデッドの対処は頼んだよ。まだまだ出て来る可能性はある、今日の夜は長くなるって覚悟しておいて」

「なぁに、鍛冶《かじ》をする時にゃあ、一日二日とぶっ通しで槌《つち》を振り続ける時もある。それに比べりゃあ、斧《おの》をぶん回しているだけでいいこっちは、まだ楽ってもんじゃやぜ！」

ニヤリと笑い、ドワーフ王は傍らの斧を肩に担ぎ上げると、「てめぇら、仕事の時間だ‼」と部下のドワーフ達に発破を掛け、奇襲を受けた右翼の援護へと向かって行った。

そうして彼らが行動を開始したところで、魔界王は部下へと指示を出す。

「よし、飛行船部隊に作戦開始の合図を」

◇　◇　◇

ピク、と身体《からだ》を反応させ、エルフの兵士が声を張り上げる。

「船長殿！　今、合図が来ました。作戦開始です！」

「うむ、わかった。――聞いたな、お前達。ようやく我らの飛行船の性能を見せつけられる時が来た。本国からも、存分に売り出してこいと言われている。忌々しい帝国の連中に、目にもの見せてやるぞッ！」

『応ッ‼』

「全艦待機を解除、前進開始ッ！」

「前進開始！」

「前進開始！」

船長の号令の後、船員達が一斉に行動を開始し、上空待機していた俺達の乗る飛行船が前進を開始する。

エンジンが唸《うな》りをあげ、身体の芯《しん》を揺らすような轟音《ごうおん》が鳴り響くが、乗船している魔術師部隊が音を遮断する効果の魔法を発動しているため、これらの爆音は外へは漏れ出ていないそうだ。

また、船体全体も黒一色で統一され、イリュージョンマスターと呼ばれているらしいレイラのお師匠さんがこの船に張り付けた幻術により、空と一体化――つまり光学迷彩の効果を発揮しているため、外からは視認出来ないようになっているようだ。

ただ、ダンジョンの『マップ』機能を使えるであろう敵ならば、侵入者が動いていることに気付いているだろうが――魔界王は、マップ機能を逆手に取り、一つ策を立てた。

マップで見られる敵の位置は、平面で表示される。

つまり、上下がわからない訳だ。

魔界王からの合図が来たということは、現在地上を夜襲部隊が進んでいるはずであり、その上を姿を隠した俺達の飛行船が飛んでいることになる。

敵がこちらの動きに気付いても警戒するのは地上部隊の方、という算段で、その間に飛行船に乗船している部隊が空挺《くうてい》降下して帝都内に侵入、後はそのまま敵中枢を奇襲したり、地上夜襲部隊の援護に行くなり、というのが仕事である。

――同盟軍の兵士達を見ていてわかったことだが、魔界王は上手く種族ごとの特性を活《い》かして、軍を動かしているようだ。

例えば、この船に作戦開始の合図を告げたエルフの兵士のような、エルフ族。

エルフは肉体の強靭《きようじん》さで言えば他種族に一歩劣るようだが、その代わり長い生の中で磨かれた魔法技能を持っているため、『法撃隊』と呼ばれる魔術師部隊や魔法を用いての通信兵の役割なんかをこなしており、かなり便利扱いされている様子が窺《うかが》える。

逆に獣人族とドワーフ族は、魔法技能は普通だが肉体の強靭さがずば抜けて高く、もっぱら最前線で斬った張ったをこなす主力として陣に参加している。

魔界王の策で引き込まれた魔物達が、彼らの一撃で一刀両断される様子も見ていたのだが、なかなかに痛快だった。

そして魔族と人間は、ほぼオールマイティに仕事をこなしている感じだ。

魔族は多様な種族がいることを活かし、それぞれが得意とするものに合わせて陣に割り振られており、対して人間は、やはり他種族と比べると身体能力も魔法技能も弱いが、その代わりに有している細かい技術や高い統率能力で軍に貢献しているようだ。

簡易陣地の作製やトラップの設置なんかはもっぱら人間達の役割で、弓の斉射など、数と統率が必要になる場面でも人間は頭一つ抜けて強いと言えるだろう。

ちなみに俺以外の降下奇襲部隊の者達は、全員翼持ちの魔族だ。

やっぱり自前で飛べるってのは、強いよな。

「降下三分前‼」

と、そんなことを考えていると、船員が声を張り上げながら飛行船の扉を開け放つ。

「ユキ殿、準備を」

「ん、わかった」

魔族の兵士の言葉に頷き、俺は『遠話』機能を発動して待機させていたペットどもに指示を出す。

「出番だ。オロチ、リル、お前らが前衛、ビャクとセイミは前衛の援護を。ヤタ、お前は上から見て敵の偵察だ。突破出来そうなら俺と合流、無理そうなら仲間を助けてやれ。――まあ、要するに魔境の森とやることは変わらん。あそこと比べて敵は圧倒的に弱いんだ、存分にぶっ殺してこい。こんなところで死ぬんじゃないぞ」

ペットどもの気合の入った返事に一つ頷いてから、俺は振り返り、降下奇襲部隊の見送りに来ていた飛行船の船長に声を掛ける。

「船長、そう言えばまだ、しっかり互いに名乗ってなかったな」

「む……そうか。考えてみれば、確かにそうだったな」

「降下開始‼　降下開始‼」

「行くぞ‼　我らに勝利を‼」

魔族の兵士達が、次々に飛び降りて行く中、船長は男前な笑みを浮かべると、軍人らしいキッチリとした敬礼をする。

「自分はエルレーン協商連合所属、第一航空旅団長ゲナウス＝ローレイン大佐であります。どうかご武運を」

「俺は魔王ユキ。故あってこの軍に参加している。そちらこそ、無事にこの戦争を生き抜いてくれよ。俺、ウチの子達にアンタらの造った飛行船を見せてやりたいからな」

「なんと、ユキ殿は子持ちだったか。フッ、いいぞ、その時は是非ともこれに乗せて、観光案内をしてやろう」

握手を交わしたのを最後に、俺は片手にエンを掴《つか》んだまま、飛行船の扉から一気に夜空へと飛び降りた。

大気を斬り裂く自由落下の最中《さなか》、隠密スキルを起動して姿を隠し、二対の翼を出現させて姿勢制御する。

速度はほとんど落とさず、ぐんぐんと近付いてくる帝都の街並みを見据え、地面に辿《たど》り着《つ》く数瞬前に思い切り翼を広げることで急ブレーキ。音を最小限にして石畳の地面に着地する。

駆け抜ける重い衝撃を膝《ひざ》をクッションにして受け流し、即座に虚空の裂け目を開いて中から取り出した十数個のイービルアイを放つ。

耳を澄ませると、地上を進んでいた部隊の方はすでに見つかってしまったようで、帝都を囲う防壁の方から喧噪《けんそう》が聞こえて来ている。

すでに戦闘が始まっているのだろう。

「ユキ殿！　我らはこのまま内側から他部隊の援護に向かうつもりだ。手助けを頼む！」

俺以外の降下部隊も無事着地に成功したようで、彼らの指揮官が部隊を整えながらそう声を掛けて来る。

「おう、任せろ！　行くぞ、エン。まずはペットどもと合流しよう」

『……ん！』

　こうして俺とエンは、帝都内への侵入に成功した。

◇　◇　◇

――種族無き同盟軍による夜襲が始まったのと、同時刻。

　帝都地下にて。

「おや、同盟者殿。こんな夜更けに如何《いかが》なされた」

「……まさか、こんなところがあったとはな。随分とまあ、秘密主義が過ぎるようだ」

　何を考えているのかわからない笑みを浮かべる皇帝シェンドラに、悪魔族頭領ゴジムは、苦虫《にがむし》を嚙《か》み潰《つぶ》したような顔でそう言った。

「ふむ、どうやってここに？　そう簡単に見つけられるものではないはずだが……防諜《ぼうちょう》対策が足りなかったのは、今後の反省すべき点か」

「……フン。確かに、俺一人では見つけられんかっただろう」

　ポツリとそう呟《つぶや》く、悪魔族頭領。

　ゴジムは、自力で地下研究所を見つけた訳ではなかった。

　その代わりに彼が見つけていたのは、とある男が残した痕跡《こんせき》。

――ルノーギルが味方のために残しておいた、特殊な魔力でマーキングされた、暗号である。

本来ならば、魔界王直属の兵の中でも一部の者しか読み取れないはずのものだが……ゴジムは、それを解読する術を知っていた。

「それより、これはどういうことだ？　我らが敵との戦いで血を流している最中に、貴様らはこんな穴倉に籠《こも》り、ただひたすらに骨弄《いじ》りをしていた、という訳か？」

研究所の中央にあるもの。

それは――ドクン、ドクン、と生物のように脈打っている、一式分が揃《そろ》った巨大な生物の骨。

ただ、一式揃っていると言っても、一体の生物の骨、という訳ではないようだ。

頭骨と胴骨は同じ生物のもののようだが、それ以外の首や手足、翼などの骨は別の生物のものを持って来ているようで、全身が継《つ》ぎ接《は》ぎだらけ。

その骨に、数多《あまた》のパイプのようなものが繋《つな》がれ、何か黒い靄《もや》のようなものが流れ込んでいることがわかる。脈打っているように見えるのは、それか。

悍《おぞ》ましい、禍々《まがまが》しい姿である。

全体の形状を見る限り――恐らくこれは、龍族を模しているのだろう。

少なくとも、この骨の中核を成している頭骨と胴骨が、龍族のものなのは間違いない。

「フッ、そう怒るな。これも全《すべ》て今回の戦争のため。いや――これこそが、戦争の目的なのだから」

「何……？」

怪訝《けげん》そうな顔をするゴジムに、シェンドラはニィ、と口端を歪《ゆが》める。

「丁度良い。せっかくだ、貴様にもコイツのことを教えてやるとしよう。コイツはな、冥界《めいかい》神話にて滅ぼされた伝説の龍——冥王屍龍の骨だ」

——それは、ヒト種の間に神話として語られる龍の名。

たった一匹で、幾つもの国をアンデッドで溢《あふ》れさせ、壊滅させたと言われている冥界の王。

「と言っても、発掘に成功したのは頭骨と胴骨のみで、それ以外の部位は完全に崩れて消失していた故、大型の魔物の骨を見繕ってどうにか一式揃えたのだがな。些《いささ》か不恰好《ぶかっこう》になってしまったが、まあ、機能的には問題あるまい。——貴様らもまた別でアンデッドドラゴンを用意していると聞いた時は、思わず笑ってしまったぞ。同じことを考えるものだとな」

「…………」

押し黙るゴジムの様子など全く気にせず、まるで自らのおもちゃを自慢するかのような軽さで、皇帝は言葉を続ける。

「この骨を発見したのは、本当に偶然だった。十五年前だったか、記録的な豪雨で大規模な水害が発生してな。どこもかしこも地盤が緩くなり、土砂崩れを起こして地形が著しく変化したある地域に、この一部が露出したのだ。それが冥王屍龍《しりゅう》のものだとわかるまでには、それなりの時間を要したが……私の計画は、そこから始まったと言えるだろう」

ゴジムは、チラリと周囲へ視線を巡らせる。

神話にすらなっている伝説級の生物の骨を、どうやってそれと断定したのか甚だ疑問ではあるが……少なくともここにいる研究員達は、そのことを疑っていないらしい。

恐らく『分析』の能力すら通らないだろうが、この者達はまだまだこちらの知らない技術を隠している、という訳か。

「……なるほどな。シェンドラよ、貴様はそれからアンデッドの研究を始めた、という訳か」

「その通り！　ただの神話だと思われていたものが、実在した。冥界の主と言われ、大地にアンデッドを溢れさせた冥王屍龍は、自身もまたアンデッドであったという。ならば、蘇《よみがえ》らせることが出来るのではないか、と私は考えた」

あの骨に流れ込み、脈打っている黒い靄のような何か。

ゴジム自身もまた呪《のろ》いの魔剣を武器として使用しているため、それが何なのかは大体見当が付く。

──あれは恐らく、死者が生み出す『負の魔力』である。

「そうか……迷宮を継承しているとはいえ、貴様がこんなところまで敵を引き込んで戦争を起こしたのは、それが理由か」

「生み出した魔物を殺すだけでは、十分な負の魔力が生み出されなかったのでな。あまり選びたい選択肢ではなかったが、これも全ては乱世を生き抜き、平定するため。国家を運営する身として、甘えは許されん」

──アンデッドは、負の魔力が漂う場所にて発生する。

負の魔力は、怨恨《えんこん》を抱いた死者から発生するものだが、そうでなくても生から死へと転換するその瞬間には、少なからずそれが生み出されることがわかっている。

だが、多少の負の魔力では、死体が動き出すことはない。

大量の死者が葬られる墓地、非業の死を遂げる者や恨みを抱いたまま死ぬ者が出やすい処刑場、悪徳な行いをする者が集う監獄、そして現在のこの場所のような——戦地。

色濃く死の気配が漂う場所でなければアンデッドは生み出されず、人為的にそれをやろうとすれば、面倒な準備が必要になる。

人工アンデッドの研究にゴジムもまた携わっていたため、そのことはよく知っているのだ。

あの大きさの、それも冥王屍龍などという災厄級にすら届くであろう生物の死骸《しがい》をアンデッドとして蘇らせようとした場合、どれだけの負の魔力が必要になることか。

だからこその、この戦場だった。

あの兵器を動かすために、人為的に大量の死者が発生する状況を作り出し、生み出される負の魔力をここにある装置で掻《か》き集《あつ》め、あの骨に流し込む。

ローガルド帝国の者達は、目的を達成するための手段として戦争を選んだのではなく、元々戦争を起こすこと自体が目的だったのだ。

ゴジムもまた用兵の雑さに気になるところがあったが……シェンドラ達は、敵だろうが味方だろうが、多くの死者が生み出されることこそを望んでいた訳だ。

何も知らせずに、ゴジムの同胞である悪魔族達の死すら利用するその在り方に、いつもの彼ならば激高するところだったが……あくまで静かに、彼は口を開く。

「フン……よく言う。結局のところ、貴様の野心のための行動ということだろう」

「否定はせんよ。全ては私の指示にて進めているのだから。——完成までは、残り二日くらいか。

これがあれば、この戦争はおろか、大陸を平定することも容易に出来るだろう。同盟者殿にも、その景色《けしき》を見せてやれるだろうな」

「……これがあれば、戦争に勝てるか」

「あぁ。同盟軍の者どもが、今も攻め込んで来ているようだが、相手にもならんだろう」

「──そうか」

──次の瞬間、ゴジムは背中に背負っていた大剣を抜き放ち、目にも止まらぬ速さでシェンドラへと振るう。

二人の間には、一歩の踏み込みだけでは届かない程の距離が開いていたが、ゴジムの持つ呪いの大剣、『トートゥンド・ルーイン』には関係が無い。

彼が振るうと同時、その剣身が数倍に伸び、ガバァと剣先が口のように開く。

猛獣が牙《きば》を覗《のぞ》かせ、獲物に食らい付くが如《ごと》く放たれたその攻撃は──しかし、シェンドラが常に従えている護衛の近衛兵達が瞬時に盾を構え、間に入ることで不発に終わる。

「チッ……‼」

「わかっているぞ、ゴジム‼　我々は決して仲間などではない‼　である以上、この計画を明かせば、私の覇権を阻止するため一にも二にもなく殺しに来るだろうとなッ‼」

彼らは、互いを味方だとは一切考えていなかった。

顔を合わせた時には、いつでも最大限に警戒し合い、戦いに備えていた。

故に今回も、トートゥンド・ルーインの能力の一つ──魔力を乱し、相手の魔法を不発にさせる特性を知っていたシェンドラは、常に侍らせている魔術師隊ではなく物理的に防御が出来る盾持ちの騎士を、ゴジムとの会話中にそれとなく自身の周囲に展開させていたのだ。

そして、予想をしていたがために、攻撃を受けてからのシェンドラの対応もまた、素早かった。

「防護膜解除！」

シェンドラの指示が飛ぶや否や、ブゥン、と低く唸《うな》るような音が鳴り――突如として、骨の屍《しかばね》が強烈な圧迫感を放ち始める。

吐き気を抱かせる程の、強烈な嫌悪感を伴った圧迫である。

恐らくは今まで、周囲へ負の魔力が漏れ出ないよう、何かしらの方法で屍全体を覆っていたのだろう。

その覆いが外れ、反応を示したのは、ゴジムの武器であるトートゥンド・ルーインだった。

「ぬっ、ルーイン⁉」

ゴジムの手を乱雑に振り払ったかと思うと、瞬く間に冥王屍龍へと這《は》って辿り着き、骨をしゃぶる犬のように、嬉々《きき》としてガジガジと齧《かじ》り始める。

「トートゥンド・ルーインを貴様に渡したのは我々だ。魔を欲し続ける、卑しき暴食の性質！　我々とて理解しているさ！　入り用だった故、近い内に返してもらおうと考えていたが、全く、本当に良いタイミングで来てくれたものだよ」

――魔を欲し、魔を吸収して成長し、そしてさらなる魔を食らう。

他者の魔法を乱す程に、魔力を永遠に吸収し続けるその特性。

それが、トートゥンド・ルーインという呪い憑《つ》きの魔剣であった。

シェンドラは嘲《あざけ》るような笑みを口元に浮かべ、「殺せ」と指示を出す。

完全に行動を読み切られ、さらには自身の武器にも裏切られた現状に、ゴジムはギリィ、と血が出んばかりに歯を噛み締《し》め――そして、激高した様子で声を荒らげた。

「ルーイン、貴様ァッ‼　俺よりも、そんな腐りかけの骨が良いというのか⁉　最上の呪いを持つ貴様がッ、そんなしみったれた魔力で満足するというのかッ⁉」

ピク、と反応して齧るのをやめ、自身の魔剣が生物染みた動きで振り返るのを見たゴジムは、真《ま》っ直《す》ぐ左腕を前へと伸ばす。

「そんなに腹が減っているのならなッ‼　いいだろう、俺を食わせてやるッ‼　戻って来いッッ‼」

その叫びに、トートゥンド・ルーインは。


『ゲギャギャギャギャッ‼』


さも愉快と言わんばかりに、金切り声のような、金属が擦《こす》れ合うような、聞く者全てを不快にさせる笑い声をあげ、自らの所有者の下へと戻って行く。

「なっ、馬鹿な⁉」

有り得ない事態に、驚愕《きょうがく》の声を漏らすシェンドラ。

つまりは、万に達する死者が溢した負の魔力よりも、ゴジムが持つ魔力の方が上等であると、あの魔剣は認めたのだ。

そのまま、剣身を真っ二つに裂いて大口を開けたトートゥンド・ルーインが、ゴジムの伸ばした左腕に食らい付く。

血が爆《は》ぜる。

「ぬぅん‼」

ゴリゴリと左腕を咀嚼《そしゃく》し始めたトートゥンド・ルーインの柄を、ゴジムは残った右腕でがっしと掴《つか》み、食らい付かれた左腕をブチブチと引き千切りながら、冷や汗一つ垂らさず構える。

彼の魔剣は、今度は所有者に逆らうことなく、ただ満足そうに咀嚼を続けていた。

「フン……全く、じゃじゃ馬が過ぎるぞ、貴様は」

『ギッギッギッ……』

「調子の良い奴め……まあいい。その腕は前払いだ。もっと食いたかったら、その分働いてもらう、ぞッ――‼」

ブゥン、とゴジムが横薙《よこな》ぎに振るうと同時、トートゥンド・ルーインの剣身が数倍に伸び、その一撃で設置されていた幾つもの装置が破壊され、張り巡らされていたパイプが切断され、シェンドラの護衛の騎士達が吹き飛ぶ。

さらに振るわれた二撃目で、巻き込まれた研究員が上下真っ二つになり、冥王屍龍の骨の身体《からだ》を支えていた鉄骨が砕かれ、研究所の床に巨大な骨がバラバラと崩れ落ちていく。

何かに接触してしまったのか、ゴジムが壊した設備が火と煙を放ち始め、研究員達が逃げ惑う。

暴れ始めたゴジムは、防御が非常に固いシェンドラを殺すことだけに頓着《とんちゃく》しなかった。

シェンドラを狙《ねら》うと見せかけて防御させれば、他の研究員の殺害や装置の破壊を行い、逆にそれを止めるために近衛兵が近付いてくれば、防御の薄くなったシェンドラを狙って大剣を振るう。

加速度的に被害が大きくなっていき、ただ近衛兵達とて、やられるばかりではなかった。

吹き荒《すさ》ぶ斬撃の暴風の中、一人二人三人と斬り殺されながらも四人目がゴジムへ攻撃を届かせて傷を負わせ、その四人目が首を斬り飛ばされても、その間に五人目六人目が距離を詰め、斬撃を食らわせる。

近衛兵達は強《したた》かに、数を活《い》かした立ち回りを徹底していた。

ゴジムは一騎当千の猛者《もさ》であったが、機動力のあるタイプではなく、場が狭いこともあり、どうしても被弾が増えていく。

一部隊を壊滅させた反撃に腹を貫かれ、目に付く限りの装置を破壊した仕返しに背中をバッサリと斬り裂かれ、逃げる研究員達を殺戮《さつりく》した代償に幾つもの矢が身体に突き刺さり――しかし、どれだけ傷を負っても、ゴジムは決して止まらなかった。

「ガアアアアアアアアアッッ‼」

化け物染みた憤怒《ふんぬ》の咆哮《ほうこう》をあげ、破壊の権化たる鬼神が如く暴れ回るゴジムの姿に、周囲の者達は気圧《けお》され、ジリリと後退《あとずさ》りする。

「クッ……何をしている、さっさと殺せッ‼　これ以上ここを破壊させるなッ‼　我らは、仲間の死の上にここに立っているのだぞッ‼」

シェンドラの怒鳴り声を聞き、恐れを胸の奥に押し込め、決死の表情で次々に赤毛の魔族へと突撃していく近衛《このえ》兵達。

それらを片っ端から殺していき、まるで不死者であると言わんばかりに、どんな攻撃を受けても全く怯《ひる》みもせず暴れ回るゴジムだったが――限りある生を歩む彼にもまた、限界は訪れる。

「グゥ……ッ‼」

血を流し過ぎたのか、一瞬動きが鈍ったゴジムの身体に、背後から突き刺される三本の太い槍《やり》。

振り返りざまにトートゥンド・ルーインを振るい、後ろにいた三人の騎士の上半身と下半身を同時に泣き別れさせるが……好機と見た敵は、そこで攻撃を終わらせない。

仲間が作った隙《すき》を逃さんと、さらにゴジムへ突っ込んだ近衛の一人が太ももに剣を突き刺し、また別の一人が左目から側頭部までを斬り裂く。

頭部の一部を失いながらも、ゴジムは握ったトートゥンド・ルーインを振るうが、平衡感覚を失ってしまったのか、剣筋がぶれ見当違いの方向に大剣が向かう。

そこに、兵達が殺到した。

彼らの刃《やいば》は、肺を破り、喉《のど》に突き刺さり、心臓を貫通する。

ガクン、と身体から力が抜け、膝《ひざ》を突く。

それでもなお、ノロノロとした動きでトートゥンド・ルーインを構えようとするゴジムだったが
――。

「やれッ‼」

刹那《せつな》、呪《のろ》い憑きの魔剣のせいで魔法の制御が甘くなり、味方を巻き込みながら放たれた魔術師隊の爆裂の魔法で、ゴジムの巨体が吹き飛ばされる。

その時、彼の右腕が爆破に飲まれて引き千切れ、腕と共にトートゥンド・ルーインもまたどこかへと飛ばされて行った。

最終的に、研究所の壁にめり込むようにして叩《たた》き付けられたゴジムは——ズルズルと、地へと崩れ落ちたのだった。


「被害報告‼」

「設備の五割が機能停止‼　火災により、なおも被害が拡大しています‼」

「研究員の三割が死亡、残った魔力ラインの維持が出来ません‼」

「充填《じゆうてん》はどうなっている⁉」

「冥王屍龍への負の魔力流入停止‼　六十パーセント程が充填されておりましたが、定着していなかった分が大気へと逃げ始めています‼　このままでは、全《すべ》てが無駄に……‼」

「クソがッ、やってくれたな……ッ‼　負の魔力は一時的にプールに流し込んでおけッ‼　まずは火を止めろ、これ以上の損害は許されんッ‼」

研究所内の至る所で火災と爆発が発生し、被害を食い止めようと皆が必死の形相で走り回る。

そんな、阿鼻叫喚《あびきようかん》の周囲の様子をぼんやりとした視界で捉《とら》えながら、ポツリとゴジムは思った。

――そうか……これが、死か。

何もかもが、遠くなっていく。

急速に、全てが色褪《いろあ》せていく。

誰《だれ》もが彼のことは死者と認識し、すでに意識から消え失《う》せ、実際に彼は、刻一刻と死者に変貌《へんぼう》していく。

――俺は、やれたのだろうか。

種は、蒔《ま》いたつもりだ。

幾らか、芽も出たと思っている。

フィナルならば、それを大きく育てることが可能だと信じているが……その先の未来を見ることが出来ないのが、少し心残りではある。

あの化け物を完全に壊し切れず、この世を去ることも気がかりだ。

同じくアンデッドを兵器として使用していた身である以上、皇帝シェンドラと自身が同じ穴の狢《むじな》であることは決して否定出来ないが……あの骨の化け物が本当に動き出した場合、その被害の数が天文学的数字となることは間違いない。

冥王屍龍の骨というのが本当ならば、その脅威は災厄級に匹敵する。

災厄級とは、人の手ではどうにも出来ないからこそ、災厄級なのである。

シェンドラは自信があるようだったが、そんなものを制御など出来る訳がないのだ。

誰かが、アレを完全に葬り去ってくれることを、願うばかりだ。

後は、この身に付き合ってくれた同胞達もまた、上手《うま》く立ち回ってこの戦争を切り抜けてくれるといいが……。

死の覚悟はとうにしていたはずなのに、その間際になって沸々と胸中に湧《わ》いてくる思いに、意外と自分も未練がましい男なのだなと、焼け焦げた頬《ほお》の筋肉で少しだけ苦笑を溢す。

――まあ、いい。もう、やれることはない。

信じて、生き残った者達に任せるしかない。

明確なるゼロが目前に迫る中で、ふとゴジムは、少しだけ顔を上げた。

「……なん、だ。迎えに来て、くれたのか」

そこには、誰もいない。

無機質に燃え盛る火と、どこか遠くから聞こえる喧噪《けんそう》しか存在しない。

「……あぁ。俺なりに、やれることをやってみた、んだが……」

――――。

「そ、そんなに、笑わなくてもいい、だろう。俺とて、慣れない真似《まね》をしたとは、思っている。俺に出来る、のは、どこまで行っても、傍役《わきやく》がせいぜい、だしな」

――――。

「そう、か……お前が、そう言ってくれる、のなら……頑張った甲斐《かい》が、あったな」

フ、と口元を緩めるゴジム。

――――。

「……そう、だな。少し、疲れ、た。朝になったら、起こして、く、れ――」

彼は、ゆっくりと瞳《ひとみ》を閉じ――。

◇　◇　◇

「オラァッ‼　死にたくなかったらどっか逃げやがれッ‼」

帝都を囲う防壁を飛び越え、合流したリルの背に乗ってエンをぶん回し、敵部隊をボウリングのピンが如《ごと》く吹き飛ばしていく。

少し前に剣聖に教えを受けたが、そのおかげか以前よりもエンが振りやすいのがわかる。どのタイミングでどう振るのが効率が良いのか、身体《からだ》が覚えたような感じだ。

短い教えでも、やはり結構変わるもんだ。

また、俺の周囲では、リル以外のペットどもがその本懐を遂げんとばかりに、好き放題に暴れ回っている。

巨大な赤蛇のオロチが、その巨体を生かし帝都の建物ごと崩壊させて敵部隊を蹴散《けち》らし、そのオロチの背に水玉のセイミが乗って適宜彼を回復。

大鴉《おおがらす》のヤタは空から全員の目となって敵の位置を捕捉《ほそく》し、自らも風魔法を使用して攻撃を加えながら俺達を誘導。化け猫のビャクは近付く者達を軒並み幻術で惑わし、そのおかげで反撃が非常に少なくなっている。

無論、敵とてやられるばかりではなく、生き残った魔物達をこちらに嗾《けしか》けたり、入り組んだ地形を利用して死角から弓を撃ったりしているが……まあ、あまりにも手強《てごわ》い魔境の森の魔物達と比べれば、正直脆《もろ》い。

敵の操る魔物とか、俺でも百匹相手にして恐らく勝てるであろうレベルだし、弓とか基本的に当たらないしな。ビャクが俺達の位置を幻術で誤認させてるから。

あまり、敵の人間部隊と魔族部隊との連携が取れていないらしいというのも、あるかもしれない。

連合軍側の悪魔族と人間は味方同士のはずなのだが、こう、それぞれ別で戦っている感じがあるというか。

敵が弱い分には、全然問題無いので、構わないのだが。

「くっ……怯むな‼　ダメージを与えられなくともいい、足を止めさせろ‼」

「帝国の未来は、この一戦に掛かっているぞ‼」

だが——どれだけ敵を蹴散らそうとも、抵抗が一切緩まない。

俺としては、別に好き好んで人を殺したい訳じゃないし、あんまりエンで斬りたくもないので、ビビって逃げてくれるとありがたいんだが……向こうも向こうで必死なのだろう。

現在俺達がいるのは、帝都を囲う防壁から、一つ踏み込んだところ。

これ以上這入《はい》り込まれると、敵としてはもう後がなくなる。

戦力自体はまだまだ残っているが、それを活《い》かす場が無くなる訳だ。

ちなみに、まずは帝都防壁の正面門を開放するのが同盟軍の作戦だったようだが、俺と合流する時にオロチが突撃して普通にぶち破って来たらしく、そのおかげで作戦が前倒しにされ、こうして行けるところまで行こうと突撃を続けている。

オロチの身体のデカさは、もうそれだけで立派な質量兵器だな。

「全く……門の突破が最も辛いだろうと、決死の覚悟を決めていたというのに、こんなあっさり内部に侵入出来てしまうと、流石に拍子抜けだぞ」

そう苦笑しながら話し掛けて来るのは、同盟軍の大将の一人であり、地上を進む夜襲部隊に参加していた獣王。

獣人族の中の『獅子族《しし》』という種である彼は、リューの種であるウォーウルフ達程ではなかったが、リルの姿を見て大分感動した様子を見せていた。

現人神じゃないが、やはりそんな感じの扱いである。

リルのヤツ、相変わらず人気があるよな……まあ、強い上にカッコいいことは否めないので、わかる話ではある。

他のペットどもも、是非とも今後長い時間を掛けて、そのレベルまで成長してほしいものだ。

「ま、俺達には特攻しか出来ないもんでね。そう言うアンタの方こそ、大将なのによくこんな最前線まで来たもんだ」

「フッ、俺も同じだ。我らは戦士の一族。戦うしか能がないもんでな。この調子ならば、三日もすれば帝都の制圧も可能だろう。お前の配下の魔物達のおかげで、門をこちらで押さえられた以上、まもなく本隊も――」

「グルルゥ……ガウッ‼」

突如、ピク、と何かに反応したリルが獣王の言葉を遮って唸《うな》り声をあげ、俺達全員に注意を促す。

「ッ、リル、どっちだ？」

「グルルルゥッ！」

俺の言葉に、リルは地面に顔を向ける。

地下、か……？

イービルアイを用い、ある程度埋めたマップに映らないということから考えると、何かしら地下施設があるのかもしれない。

リルが警戒するレベルとなると、敵の秘密兵器か何かだろうか。

「むっ、魔王、どうした」

「リルが強大な魔力を感じ取った！　多分相当強いのが出て来る、警戒を――」


『ギィイイヤアアアアァァアッッ‼』


――鼓膜を突き破らんばかりに響き渡る、化け物染みた、悲鳴にも聞こえる咆哮《ほうこう》。

刹那遅れ、ドォォォン、と低く唸るような轟音《ごうおん》が、帝都の地面を揺らす。

「ッ、これは……ッ‼　作戦開始、作戦開始‼　全隊指定のポイントまで撤退せよ‼」

「撤退、撤退だ‼　急げ、巻き込まれるぞ‼」

同時に、連合軍の指揮官らしき者達が声を張り上げ、ここまでどれだけの被害が出ようと頑強に抵抗し続けていた人間の兵士達が、蜘蛛《くも》の子を散らすように撤退していく。

「な、何だ⁉」

「何が起きた⁉」

場に残されるのは、俺達同盟軍の兵と、敵であったはずの連合軍の悪魔族達である。

……敵の連携が取れていないというのは、薄々思っていたことだが、どうやら悪魔族達にすら知らされていない、何らかの作戦があるようだ。

「獣王！　何だかヤバそうだ、いつでも逃げられる準備を！」

「わかった、そちらは⁉」

「俺は、とりあえずどんな相手か確認してくる！　こっちは気にしないでいい！　――ヤタッ、音の方向はわかるな⁉　俺達を先導しろ！」

そうして獣王達夜襲部隊と別れた俺達は、一塊となって移動を開始する。

『アァアアガアアァァァ‼』

怨嗟《えんさ》すら感じさせる咆哮は絶えず帝都中に響き続け、同時に何か、建物が崩壊するような音も聞こえてくる。

足元に感じる地揺れ。

……もしかして、地下から這《は》い出ようと、帝都の地面を破壊しているのか？

「カ、カァーッ！」

その予想は当たりだったらしく、地下から何かが出て来ようとしていることを、上空のヤタが焦燥を感じさせる声音で俺達に伝えてくる。

我がペットの報告を聞くと同時、俺は翼を出現させてリルの背から飛び上がると、ヤタの隣で滞空し、先へと視線を走らせる。

崩壊し、土煙をあげる帝都の建物の向こう側に見える——骨。

ソレは、文字通りの化け物だった。

恐らく、別々の種族の骨を持って来て無理やり繋《つな》げたのであろう、継ぎ接ぎだらけの身体。

その全身にドクン、ドクン、と脈打つ赤黒い血管のようなものが走り、窪《くぼ》んだ骨の眼窩《がんか》に覗《のぞ》くどす黒いヒトダマのようなものが、まるで眼球かのようにギョロギョロと蠢《うごめ》いている。

そして……龍を思わせる二本の角が生えた頭部の、その真ん中に突き刺さっているアレは、剣、か？

種族：アンデッドドラゴン
クラス：禁忌の死霊
レベル：？6？
称号：冥王屍龍、穢《けが》れし穢す者、死の支配者、人工死体、生み出された禁忌

「おいおい……マジか」

ツー、と冷や汗が流れ落ちる。

冥王屍龍……確か、以前ウチを訪れた精霊王が倒し、伝説として伝えられるようになった龍の呼び名だったはずだ。

死霊術の発動に失敗し、生者の肉と魂を欲する死霊の屍《しかばね》に生きたまま変貌《へんぼう》してしまったことで、おかしくなって暴れ回っていた、とレフィが言っていたのを覚えている。

レベルは見えないが、その身から放たれる強大な圧迫感からして、レフィと同じ災厄級――いや、全身が総毛立つような、押《お》し潰《つぶ》されそうになる程の危機感は感じられない。

災厄級の一つ下の、大災害級くらいだろうか。

……それでも、俺より圧倒的な格上であることは間違いない、か。

そもそもとして、元が龍族だ。

エルフの里でもアンデッドドラゴンが襲いに来ていたが、コイツは格が違う。

……『人工死体』、『生み出された禁忌』という称号を見る限り、これが敵の秘密兵器という訳だ。

この戦争に至るまでも、敵は死霊術やアンデッドを多用していたようだが、全《すべ》てはこの骨を蘇《よみがえ》らせるための実験だったのだろうか。

ただ――その制御は、あまり上手くいっていないのかもしれない。

同盟軍の者達に襲い掛かる様子はなく、地面から這い上がったその場に留まって、周囲の建物を瓦礫《がれき》にすることに夢中になっている。

理性など欠片《かけら》も感じられず、ただ迸《ほとばし》る破壊衝動のままに暴れている感じだ。

「…………」

――逃げるならば、今ここだろう。

あの怪物は、レフィや精霊王なんかが相手にする程の、隔絶された力を持つ強者《つわもの》だ。

魔境の森で言えば、最も魔物が強い西エリアでも、余裕で生存出来るだけの力を持つ。

ネルと交わした、エンとペット達、そして自身の身を守るという約束を果たすことを考えれば、ヤツがまだこちらを標的として定めていない内に、さっさとトンズラこいて逃げるべきだろう。

同盟軍に味方をしていても、彼らのために命を賭《と》す程の義理は、存在しないのだから。

だが……俺が逃げた場合、果たして同盟軍は、アレを討伐出来るのか？

恐らく、無理だ。

自分で言うのもアレだが、彼らの中での最高戦力は、俺達なのだ。

その俺達がいなくなった場合、仮にアレを倒すことが出来たとしても、軍の壊滅は免れ得ないだろう。

撤退を決めたところで、果たしてアレを相手にして、どこまで逃げられるのか。

いや、どの選択肢を選んだとしても、大量の死者が出ることは確実だ。

――俺に、アレをやれるのか？

「――――」

そこまで考えた時、俺の脳裏に一つ、思い浮かぶものがあった。

相手は、すでに死しているとはいえ、伝説に残った程の龍族。

龍族とは世界最強の種族であり、何人《なんぴと》も敵《かな》わない空の覇者である。

だが、俺は——その彼らに対抗出来るだけの武器を、持っていなかったか?

直感に従い、アイテムボックスを開いて中から取り出したのは、古びてボロボロの、骨の槍《やり》。

——龍の里に行った際、龍族の長老から貰《もら》った、『神槍《しんそう》』である。

「……出来ることなら、一生死蔵しておきたかったんだがな」

◇　◇　◇

「ぐっ、う……」

自身の上に乗る瓦礫を押《お》し退《の》けて立ち上がったシェンドラは、額から垂れる血を腕で拭《ぬぐ》い、素早く状況を確認する。

地下研究所の天井は崩れ、内部はほぼ壊滅状態。

用意した人工アンデッドも、大半が瓦礫に埋もれて使い物にならなくなっており、結集した帝都の頭脳である研究員達は、半数程が死亡してしまっただろう。

控えめに言って、大損害であるが——。

「どうにか起動は……上手《うま》く行ったか」

地下であるここまで響いてくる、化け物の雄叫《おたけ》び。

天井に空いた穴から覗けば、すぐそこに動き回るデカい骨の姿が窺《うかが》える。

悪魔族頭領ゴジムの妨害により、一時は戦略の破綻《はたん》すら危ぶまれたものの、どうやら冥王屍龍を目覚めさせることには成功したようだ。

――アンデッドをアンデッドとして動かすためには、『核』となるものが必要になる。

それは死霊術の命令術式であったり、失われた魂を補完しようとする本能的な衝動だったりと様々だが、そこに共通しているのは、魂の代わりが必要という点である。

それは、あの冥王屍龍とて例外ではない。

伝説となっていた頃《ころ》は、どういう理屈でそうなったのかまでは判明していないものの、本人の魂がまだ残っているのに肉体が腐り果て、屍と化したことで生きたままアンデッドとなっていたようだが……つまり、代わりではない当人の魂そのものが腐った死体に残っていたことで、活動を可能としていた訳だ。

現在その龍の魂自体は滅び去っているものの、長年の研究により、大量の負の魔力を使用することで死霊術の命令術式を埋め込み、通常のアンデッドと同じように操ることが可能な研究データが揃《そろ》っていた。

問題としては、あの巨体を満たすだけの負の魔力を集めるのが容易ではないという点だったが、そのために準備したのが今回の戦争であった。

悪魔族どもを煽《あお》って敵対行動を取らせ、敵にこちらと相対する同盟を結成させ、大軍勢を生み出す。

それを帝都まで引き込み、こちらが指定した戦場で戦いを開始する、というところまで全て作戦通りに進み、後は生み出される負の魔力が一定量に達するまで待つだけだったのだが……ゴジムが暴れたが故に十分な負の魔力を冥王屍龍へ充填《じゆうてん》させることが出来なくなり、その第一案は破綻。

ただ、冥王屍龍という物が物だけに、起動に失敗する可能性は当初から考慮されており、故に第二案も存在していた。

それが――ゴジムが使用していた大剣、トートゥンド・ルーインを使用する、というものである。

インテリジェンス・ウェポンであるあの剣には、残虐な意思が宿っている。

発見した当初は力が枯れ果て、ただ人を惑わすだけの微弱な悪感情を垂れ流すのみだったが、それを悪魔族頭領に渡して戦いに使わせ続け、現在では自ら動き出すまでに成長を果たしている。

他者を食らってそこまで到達したトートゥンド・ルーインは、通常の生物とは比べものにならない強度の魂を有しており、つまりアンデッドの核になり得るのだ。

第二案とは、トートゥンド・ルーインを冥王屍龍に突き刺し、それを媒介にアンデッドとして使役する計画。

負の魔力はアンデッドを動かすエネルギーであり、故にそれが十分に充填出来ていないと起動すら出来ないのだが、彼の魔剣を核とすることで冥王屍龍を無理やり起動させる。

そして、魔剣の特性である魔を吸収する力を利用し、起動した後にも周辺に漂う負の魔力を回収させる。

後は、綱引きだ。

トートゥンド・ルーインの魔を欲する力が強いか、目覚めた世界最強種のアンデッドが、自らの身体《からだ》に必要なエネルギーを得ようとする力が強いか。

凶悪な魔剣であるといえど、武器という軛《くびき》から逃れられないトートゥンド・ルーインが、果たして自らの使い手すらいない状態で冥王屍龍に抵抗出来るかどうか。答えはすでに見えている。

そうして冥王屍龍の全身に負の魔力が満ちさえすれば、こちらで術を行使し、命令で縛ることが出来るはずだ。

もはや、ほとんど力技のごり押し。

当初予定したスムーズな作戦は影も形もなく、何か一つ失敗してしまえば全てが破綻する綱渡りだが——必ず、成功してみせる。

必ず、だ。

「陛下、ご無事でしたか！　爆発で吹き飛ばされて——ッ、その頭の怪我《けが》はッ⁉」
グ、と拳《こぶし》を握るシェンドラの下へ、吹き飛ばされ四散していた護衛の近衛兵達が大慌てで駆け寄ってくる。
どの兵も傷を負っており、無傷の者は誰《だれ》もいない。

「良い、掠《かす》り傷だ。それより——副主任！　生きているか！」

怪我の手当てを始めようとする部下を手で押し退け、そう叫ぶと、すぐに返事が返ってくる。

「は、ハッ！　ここに！」

「生き残った者達でチームを再編成し、機器の修理を開始しろ！　第二案の進行を再開する！」

「し、しかし、冥王屍龍の起動は成功したものの、我々の制御すら受け付けない状態になってしまっておりますが……」

「兵を全《すべ》て『迷宮領域』まで下げさせる。奴《やつ》の本質はアンデッドであり、アンデッドはどうしようもなく生の気配に惹《ひ》かれる。こちらの兵が近くにいなくなれば自然と敵に引き寄せられていくはずだ。その間に我々の態勢を立て直し、奴を支配下に置く！　やれるな⁉」

「！　なるほど……ハッ、畏《かしこ》まりました！」

地下研究所の副主任が精力的に部下達へ指示を出し始めたのを見て、シェンドラは一つ頷《うなず》き――。

『ギイイイヤアアアアアッッ‼』

轟《とどろ》く、冥王屍龍の苦痛の叫び。

咆哮《ほうこう》とは違う、明らかに攻撃を受けている者の悲鳴。

それが聞こえて来た時、シェンドラは反射的な動きで、大穴の空いた地下研究所の天井へ視線を送り――空を駆け抜け、武器を振るう翼の生えた兵士。

あれは……敵方の魔族か。

冥王屍龍と、戦っている？

たった、一人で？

恐るべきことに、一度《ひとたび》動き出してしまえば誰にも手出しが出来ないであろう冥王屍龍を相手に、一歩も引かずに戦っており――いや、見間違いでなければ、押してすらいるように見える。

「……フン、今が試練の時なり、か。だが、俺の邪魔はさせん。誰が、何が相手でも」

――我が覇道、この程度で止めさせはせん。

◇　◇　◇

「うおおッ、あぶねッ⁉」

デカ骨龍の口から躊躇《ちゅうちょ》なく放たれた、龍の咆哮モドキを翼で急制動することで回避し、お返しに神槍を振るってその立派な角を斬り飛ばす。

――神槍は、魔力を流し込むことで、真の姿となる。

槍身は長くなり、透明な刃と美麗な房の飾りが生み出され、槍というよりも薙刀《なぎなた》に近いような形態へと変化するのだ。

その斬れ味は、『斬る』というより『消滅』させるという言葉の方が近く、刃の先から飛び出す真空刃が剣線上の建物から地面までの全てを斬り裂き、ズゥン、と何かの崩れ落ちる音が低く響き渡る。

『ギイイイヤアアアアッッ‼』

元々悲鳴のような咆哮をする冥王屍龍だったが、角を斬り飛ばされたことで明確に苦痛混じりだとわかる苦鳴を漏らす。

神槍により、意外と戦闘が成立しているのだが――このまま一気に倒せそうかと言うと、全くそうでもなかったりする。

と言うのも、再生するのだ。

冥王屍龍が。

今も、俺の見ている目の前で、斬り飛ばした角の断面に黒い靄《もや》のようなものが溜《た》まっていき、グネグネと気持ち悪く蠢《うごめ》いたかと思いきや、数十秒程で元通りの姿になる。

さっきからずっとあんな感じで、消滅させた先からあの黒い靄が骨を完璧《かんぺき》に再生させてしまっている。

ダメージが入っていない訳ではないだろうが……いったいどれだけ攻撃を食らわせれば、ヤツを倒せることだろうか。

ならば、もはや再生が出来ないところまで斬り刻んでやる——と言いたいところではあるものの、実は武器の方にも一つ、問題があった。

「ッ……ッ‼」

——始まった。

全身から勝手に魔力が抜けていき、武器に流れ込んで行く感覚。

これだ。

使用していると、突如として神槍が、勝手に俺の魔力を吸収し始めるのだ。

こうなってしまうと、神槍から手を離したくとも、まるで瞬間接着剤でくっ付けられたかのように指が動かなくなり、どれだけ抵抗しても流れ出す魔力を止めることが出来なくなるのだ。

恐らく、俺が魔力を塞《せ》き止めようとする力よりも、この神槍の魔力を得ようとする吸引力の方が、圧倒的に強いのだろう。

どっかの掃除機メーカーもビックリの吸引力である。クソッタレめ。

この状態のままでいると、あっと言う間に魔力が枯れてしまうため、どうにかして神槍への流入を止める必要がある訳だが――。

「フーッ、フーッ……ッ――だあああッ‼　クソがッ‼　痛《いて》ぇんだよボケナスがッ‼」

大きく呼吸を繰り返してから、俺は腰裏に差していた解体用大型ナイフで、一息に自身の手首を、斬り落とす。

大声で喚《わめ》き散らしながら、予《あらかじ》め用意しておいた腰のポーチの上級ポーションをドバドバと断面に振りかけることで、すぐに回復が始まり手首が再生する。

あまりの痛みから、冷や汗がダラダラと溢《あふ》れ出てくる。

恥も外聞もなく泣き叫びたい気分だ。何が悲しくて、自分の手首を自分で斬り落とさなければならないのか。

俺に自傷癖はねぇんだぞ。

――恐らくだがこの神槍には、薙刀形態のもう一つ先に、別のフォルムが存在するのではないだろうか。

一定以上の魔力を込めることが引き金となり、その別のフォルムへと変化するために必要な魔力を吸収し始める訳だ。

だが、この槍《やり》は『神』の名を冠する槍。

薙刀形態に変化する段階で俺の全魔力の半分を捧《ささ》げなければならない以上、もう一つ先のフォルムに辿《たど》り着《つ》くには、果たして何人の俺がいれば魔力が足りることだろう。

レフィレベルで、ようやく第三形態に変化出来るのではないだろうか。

そして、大分前に試し斬りをした際にも感じたことだが――魔力を奪われれば奪われる程、何かの気配が増すのを感じる。

自ら変化しようとする、神槍のその先に。

『深淵《しんえん》を覗《のぞ》く時、深淵もまたこちらを覗いているのだ』

そこまで学がある訳じゃない俺でも知っている、ニーチェの有名な一節。

何が飛び出すのか知らないが、パンドラの箱を開けるのは勘弁だ。

空中から地面に降り立った俺は、転がっている神槍に未《いま》だくっ付いている自身の手首を蹴《け》っ飛《と》ばし、槍身を掴《つか》み上げる。

こんなクソみたいな武器、海の底にでも沈めてやりたいのが本音だが、これ以外に有効なダメージソースが存在しないことも確かなのだ。

リル達が一度攻撃を仕掛けていたのだが、掠り傷一つ付かず、逆に黒い靄のようなものに取り込まれそうになり、大慌てで退避していたのを見ている。

リルの牙《きば》と爪で傷が付かないのならば、他に何をやっても無理だ。

いや、アイテムボックスで待機してもらっているエンならばギリギリ斬れるかもしれないが……斬れ味という点で言えば、非常に不本意ながら、やはりこっちの方が比べ物にならないくらい上なのだ。

つまり俺は、どれだけ再生するのかわからない敵に対し、自身の武器に魔力を吸われるのを阻止しながら、手首を切り落としながら戦わなければならない訳である。

俺がまだ、神槍の扱い方を理解していないという可能性は多分にあるだろうが……コイツを使っていたという何代か前の人間の龍王《りゅうおう》は、いったいどうやって運用していたんだろうな。

シャーリーンとでも名前を付けて愛してやったら、大人しく言うことを聞いてくれるようになるだろうか。

「絶対にお断りだがな。――リル、そっちは大丈夫だなッ⁉」

「グルゥッ‼」

ペット達を率いるリルが、発生し始めたアンデッドを狩りながら、「問題ありません」とでも言いたげな威勢の良い返事を返してくる。

どうやらあの腐れ龍は、存在するだけで周囲にアンデッドを生み出すふざけた能力があるようで、この戦争で死んだ死者達がアンデッドとして蘇《よみがえ》り始めているのだ。

この戦争での死者は、とっくに万を超えている。

さっさとぶっ殺さなければ、哀れな死体軍団がどんどん数を増してしまう訳だが……。

「……あの剣……」

冥王屍龍の額に刺さっている、一本の大剣。

魔力眼で観察を続けていてわかったことだが、どうやら冥王屍龍とその大剣との間で何かしらの魔力のやり取り――いや、そんな優しいモンじゃないな。

魔力の奪い合いをしているのがわかる。

額に刺さった大剣が周辺一帯から黒い靄を吸収し、それがそのまま冥王屍龍へと流れ込んでいるのだが、剣自体は奪われるのに抵抗しているようだ。

俺が神槍に魔力を奪われそうになるのを、抵抗するのと同じ感じと言えるだろう。

あの黒い靄、半ばそうだろうとは思っていたが……負の魔力、とかいうヤツか。

そして、分析スキルで確認した大剣の名は――トートゥンド・ルーイン。

「トートゥンド・ルーイン……？　それって、確かクソ赤毛の武器だったよな……？」

何故《なぜ》、あんなことになっているのかは見当も付かないが――もしかして、アレを壊しゃあコイツ、止められるか……？

◇　◇　◇

「報告！　出現した人工アンデッドの殲滅《せんめつ》、完了しました！」

「報告！　帝都内部にてアンデッドドラゴンが出現！　現在魔王ユキ及び彼の配下の魔物達が交戦中です！」

「報告！　敵部隊が撤収、戦場から完全に姿を消しました！」

「報告！　アンデッドドラゴンの動きに呼応し、人工ではない天然のアンデッドが出現を始めました！　時間経過で増えている模様です！」

「報告！　帝都に侵入した夜襲部隊、一時撤退した模様！　指示を求めています！」

次々ともたらされる報告に、魔界王フィナルは険しい表情でポツリと呟《つぶや》く。

「そうか、これが……」

ここからでも見える、あの骨の怪物。

今まで感じていた、敵の動きの気持ち悪さには、やはり裏があったのだ。

アレを蘇らせることが、人魔連合軍の目的だったのだ。

「……ナフォラーゼちゃん、エルドガリアさん、どう思う」

フィナルの問い掛けに、エルフの女王ナフォラーゼ、そして羊角の魔族エルドガリアがそれぞれ言葉を返す。

「まず間違いなく、我らにあのアンデッドドラゴンを押し付けるつもりであるの。アンデッドは生きとし生けるものの気配に惹《ひ》かれる。この戦争途中で敵がいなくなったのは、自分達がアレに襲われぬようにするためであろう。ただ……となると敵は、あの怪物の制御を得られておらんということになるか。それが、朗報かどうかはわからぬが」

「あの禍々《まがまが》しい魔力の感覚……この軍で対処しようとすれば、確実に半数は死ぬだろうさね。あの魔王が相手をしていなかったら、大分不味《まず》い状況だったろうよ」

「……逃げるにしても、戦うにしても、アレをどうにかしないといけないのは確定か」

誰《だれ》も彼もが焦りを含んだ視線を魔界王に向け、その指示を待つ中、彼はス、と目を閉じる。

戦場の喧噪《けんそう》とは裏腹に、奇妙な沈黙が流れる司令本部。

重い緊張感に場が包まれ――そして、魔界王は目を開いた。

「……よし。各隊、隊長級を選出し、臨時部隊を編成。精鋭のみで帝都へ突撃する。それ以外の一般兵は、出現したアンデッドの掃討を。法撃隊は隊を二つに分け、片方は地上に残ってアンデッド掃討の支援、もう片方は飛行船部隊に合流して上空支援だ。――レミーロ君」

「はい、何でしょう」

魔界王の言葉に答えるのは、いつもの執事服ではなく、使い込まれ傷だらけの鎧《よろい》を身に纏《まと》った、先代勇者レミーロ＝ジルベルト。

彼こそが、後方支援として残ったアーリシア国王の代わりに派遣された、人間達の総指揮官であった。

「現刻を以《もっ》て、総軍の指揮は君に任せる。組織戦闘において、人間に敵う者はいないからね。帝都での戦況を見て、戦闘を継続するか、引くかの判断は、全《すべ》て君に任せる」

「拝命致しました」

「フィナル、ヌシも出るのか？」

ナフォラーゼの言葉に、フィナルはコクリと頷《うなず》く。

「ユキ君があれだけ頑張ってくれているのに、後方にはいられないさ。僕は法撃隊と一緒に飛行船に乗らせてもらって、上から指揮を執るつもりだよ。想定とは大分違ったけれど、ここがこの戦争の山場だ。――ここで、全てを終わらせる」

敵がアンデッドを多用しているということから、準備させた秘策も、幾つかある。

勝算は、ある。

「決戦の時は、今だ」

◇　◇　◇

「アンデッドどもよ、行け‼　奴《やつ》の動きを止めろ‼」

皇帝シェンドラの怒鳴るような指示を聞き、異形の姿をした兵士達——人工アンデッドの部隊が動き出す。

二対の翼で空を舞い、冥王屍龍に悲鳴をあげさせているあの魔族。

脅威的なのは、その攻撃力と機動性の高さだ。

縦横無尽に帝都の空を駆け、まるで嬲《なぶ》るように冥王屍龍に攻撃を加えている。

だが……攻撃力に関して言えば、冥王屍龍もまた、ずば抜けたものを持っているはずなのだ。

どこぞの軍勢など、簡単に滅ぼせるであろう程の力を、である。

不十分な負の魔力で起動してしまったせいで、どうやらパフォーマンスが相当落ちてしまっているようだが、時間さえ経《た》てば鈍い動きも解消され、もっとまともに動けるようになるはずだ。

そう、あの魔族さえ排除することが出来れば、勝ちの目は転がって来るのだ。

故にシェンドラは、人工アンデッドの中でも翼を持っている個体を集め、攻撃へと向かわせ——

突如、彼が常に革紐《かわひも》で肩から下げている本が、独りでに開く。

「ッ、近衛兵ッ‼」

シェンドラが叫ぶと同時、一時も離れることなく付き従っている近衛兵達が、防御の構えを取る。

次の瞬間、飛来する矢と数十の魔法。

それらの攻撃に一発も有効打はなかったが、しかし飛び立った人工アンデッド達にも同じように攻撃が殺到し、そして何やら力が抜けたようにのろのろと地面に墜落したかと思いきや、動かなくなる。

「ゴジム様が戻らず、貴様が生きているということは……やはりゴジム様は、お逝きになられたのだな」

「チッ……次から次へと……‼」

奇襲を仕掛けてきたのは、悪魔族の部隊。

その中にいた、悪魔族頭領ゴジムの腹心であり、実質的な取り纏《まと》めをしていた副官——デレウェスが、冷たい口調で口を開く。

「仮にも我らは戦力を供給し、命を賭《と》して敵と戦っていたというのに、こちらに何も言わずあんな化け物を放つ、このとんでもない裏切り。本来であれば激高と共に怒鳴り散らしても許されるであろうが……今は、何も言わぬでおこう。何をするつもりだったのかは知らぬが、ゴジム様の命で、アンデッド対策を十全に行っておいて正解だった」

人工アンデッドが動かなくなったのは、彼らが矢に塗っていた、アンデッドに有効である『聖水』を特殊な方法で煮詰め、その効果を数倍に高めた『神聖水』と名付けられた液体によるものである。

一瓶だけで最上級の回復薬である上級ポーション――エリクサーと同程度の費用が掛かっているソレは、アンデッドが制御を外れた時の保険だったのか、それともこうなることを初めから見越していたのか、悪魔族頭領ゴジムの命令で製造したものであった。

「ほざけッ‼　最初に攻撃を仕掛けて来たのは、貴様らのボスであるあの男だったぞ！　私は手を差し伸べた、この戦争を共にするのならば、大陸を平定した後の景色《けしき》を見せてやれるであろうとなッ‼」

「その時のことは知らぬ。何故なら、見ておらんからな。ただ一つ言っておくと、今はまだ、ということだろう。いずれ我々が敵対するであろうことは、互いにわかっていたはずだ」

デレウェスの冷笑に、シェンドラは怒りで顔を歪《ゆが》め、怒鳴った。

「今まで何も気付かず、自らのボスが殺されるのを防げもしなかった愚か者どもに、今更何が出来るッ‼　――殺せッ‼」

そうして、戦場から一つ離れた場所で、本来であれば味方同士であるはずの者達による、入り乱れた乱闘が開始する。

理性も大義もそこには存在せず、あるのは両者に募った怒りと怨恨《えんこん》のみ。

ただ相手が憎いと、同盟軍を相手にする時よりもさらに増した殺意で、互いに剣をぶつけ合い、魔法を放ち合い――。

「はい、じゃ、人間の皆さん、動かないでくださいねぇ」

――ス、とシェンドラの首筋に当てられる、剣の刃。

「なッ、その声は……ッ!!」

乱闘の最中《さなか》、近衛兵達の守りをすり抜け、いつの間にか彼の背後に立っていたのは――音無の暗殺者、ルノーギル。

「き、貴様ッ、心臓を貫いて殺したはずだッ!!」

「フフフ、知らないのならば教えてあげますねぇ。魔族は、人間よりも身体《からだ》が頑丈なんですよぉ。……ま、今回は禁術も使用しましたが」

「陛下ッ!!」

「おっと、動かないように、と言ったはずですよぉ。早いところ、武装解除をしていただきたいですねぇ」

「クッ……!!」

近衛兵達の隊長が、人を殺せそうな程の視線でルノーギルを睨《にら》み付け、ギリィと血が出んばかりに歯を食い締めながら、味方に武器を捨てさせる。

彼らが武装解除したところで、恨みの募った悪魔族達がかなり乱暴に近衛兵達を跪《ひざまず》かせ、無力化していく。

「チッ……この計ったかのようなタイミングの良さ、裏で繋《つな》がっていたのか」

舌打ちをするシェンドラだが、ルノーギルはそれを否定する。

「いいえ、敵同士であることに変わりはありませんよぉ。ですが、彼らは私達同盟軍よりも、味方であるはずの貴方《あなた》達の方が憎いようでしてねぇ。故にこの直前に、少しだけお話をしまして」

「フン……元々敵である者よりも、味方の顔をして裏から刺してくる者の方が頭に来るのは、自明の理であろうよ」

ルノーギルの言葉に、デレウェスは吐き捨てるようにそう答える。

「クックッ、だそうですよ。随分と、仲良くやっていたようですねぇ」

「……貴様は、どうやって生き残ったのだ。確実に心臓が止まっていたはずだ」

「ふむ、本当は秘密なのですが、せっかくだから教えてあげましょう。『分御霊《わけみたま》』と言って、自らの魂を幾つかに分けることで、一時的に死を回避するのですよぉ。復活の確率は三十パーセント程、そして代償に寿命の半分と一生分の魔力を奪われてしまいますが……いやぁ、土壇場で上手くいって良かったですねぇ」

「……なるほどな。『マップ』が反応しなかったのは、それが理由か」

迷宮が与える力の一つ、『マップ』は魔素及び魔力を参照して敵の位置情報を得ている。

敵の動向も、今の悪魔族達の奇襲も、全てそれで把握することが出来ていた。

だが、肉体からそれらが完全に失われたとなれば、当然ながらその位置は捕捉《ほそく》不能となる。

「あぁ、その本は頂きますよぉ。貴方、魔王だそうですし、確か魔王は本やら石板やらを用いてダンジョンの力を使用するそうですからねぇ。――あの骨の怪物と戦っている、彼の邪魔はさせません。彼のような『英雄』ではなく、私のような一兵卒に、貴方は負けるのです」

ルノーギルはシェンドラが革紐で脇《わき》にぶら下げていた古めかしい本を回収すると、剣の柄で頸椎《けいつい》を殴って気絶させ、どこからともなく取り出したロープで手際良く拘束し、完全に身動きが取れないようにさせる。

そして、縛り上げた皇帝の身体を担ぐと、悪魔族副官デレウェスの方にチラリと視線を送り、言葉を掛ける。

「……お行きなさい。私は内容を知りませんが、我が主は、貴方達の頭からの密書を受け取っていた。だから、お行きなさい。あの怪物には、敵も味方も関係ないでしょうから」

「……ゴジム様がお亡くなりになられたのならば……我々は降伏する。あの王に伝えるが良い」

それ以上の言葉は交わさず、彼らは互いに背を向け、離れて行った。

◇　◇　◇

──動きが良くなってきたな、コイツ。

帝都の街並みを破壊しながら迫り来る太く長い尻尾《しっぽ》を飛んで回避し、反撃を、というところで歪《いびつ》に伸びた爪が迫って来ているのを見て、距離を取る。

ぎこちなくナメクジだった骨龍の動きが、だんだんと滑らかになっているのがわかる。

今のも、ここまでの戦闘だったら簡単に反撃が出来ていたが、新たな身体に馴染《なじ》み始めたのか、それとも生前の頃《ころ》の動きを本能が思い出したのか、容易に手を出せなくなってきているのだ。

発生し続けているアンデッドも、一体一体は雑魚《ざこ》なのだが、帝都中に蘇《よみがえ》り出したソイツらが建物の隙間を縫って四方から襲い掛かって来ており、ゾンビ映画のクライマックスばりの防衛戦を我がペット達が繰り広げている。

俺の戦闘に邪魔が入らないようにしてくれているのだが、その処理もそろそろ追い付かなくなりそうだ。

時間は、敵だ。

「フッ――‼」

どうにかヤツの攻撃を掻《か》い潜《くぐ》った後、弱点だと思われるトートゥンド・ルーインを狙《ねら》い、神槍の先から飛んで行く真空刃で頭部ごと斬り飛ばしてみるが……。

――ダメか。

攻撃は、入る。

だが、例の黒い靄《もや》のせいで、当たり前のように再生してしまった。

……もはやあの呪《のろ》いの魔剣は、骨の身体の一部として組み込まれてしまっているらしい。

しかも魔力眼で見る限り、俺の攻撃で力が削れてしまったのか、先程よりも骨龍に対する大剣の抵抗が弱まってしまった感じだ。

クソッ、失敗だったか。

こうなると、後は――。

「――直接抜くしかない、かッ‼」

付かず離れずで戦っていたところを、グン、と一気に距離を詰め――というところで、冥王屍龍は突如頭を仰《の》け反《ぞ》らせ、俺を追い払うべくメチャクチャに暴れ始める。

「チッ‼」

ならば首から先を斬り落とし、頭部を動かせなくさせてから、と思ったのだが、恐らく出力を落とすことで連発出来るようにしたのだろう『龍の咆哮《ほうこう》』を、ヤツはバンバンとこちらに向かって放ち始め、ロクに近付くことが出来ない。

一丁前に、自身の弱点が狙われていると気付いたのかもしれない。

「テメェこのッ、脳味噌《のうみそ》なんざ持ってねぇくせに、知恵を働かせてんじゃねーぞッ‼」

ジリジリとした焦りが胸中に湧《わ》き始め、どうにか現状の打開策をと思考を巡らしていた、その時だった。

『――ユキ君、こちらフィナル。今からその魔物に法撃を行う。巻き込みたくないから、一旦《いったん》君の配下達と一緒に離れてくれるかい』

風に乗って運ばれたかのような、魔界王の声が耳に届く。

これは……エルフ達が使っている魔法、『ウィスパー』か！

「お前らッ、下がれッ‼」

ペット達に距離を取らせ、俺もまた後ろに下がり――それから、すぐだった。

空から骨龍に向かって降り注ぐ、何かわからない液体。

何だ、と思い上を向ければ、いつの間にかそこに滞空している、飛行船部隊。

次の瞬間には、大小様々な魔法がそこから放たれ、骨龍へと殺到する。

「おぉ……！　派手にやるもんだ」

『アあアァァアぁアァアッ‼』

周囲のアンデッドを粗方消し飛ばしたその魔法空爆は、どうやら効果があったらしい。

動きが良くなってきていた骨龍が、再び油が切れたかのように鈍くなっている。

空爆を受け、損傷した箇所の再生も、非常に遅い。

さらに、発動しっ放しの魔力眼で見ると、ヤツの全身に巡っていた負の魔力が非常に薄くなっているのがわかる。

俺が魔法を試した際は、豆腐でも投げ付けたが如《ごと》く全く通らなかったのだが……もしかすると、直前に放った液体に何か理由があるのか？

『あらら、まだ動くのか。ユキ君、今の液体――神聖水はこれで全《すべ》て使い切った。君の動きからして、あの怪物の額に刺さっている剣を抜こうとしているのだろう？　こちらからも、それが負の魔力を集める焦点になっているのは確認出来た。だから……後は、頼むね』

「任せろッ‼」

聞こえているのかどうかはわからないが、そう叫んだ俺は、動きが鈍くなったせいで逃げられないヤツの頭部を今度こそ神槍で斬り落とすと、その上に乗る。

「よう、久しぶりだなッ‼　以前見た時と比べて、随分マヌケな姿に成り下がってよッ‼」

俺は神槍をアイテムボックス内に投げ入れ、呪いの魔剣――トートゥンド・ルーインを両手で握り締めると、この魔王の身体《からだ》が持つ力の全てを込めて引き抜きに掛かった。

「ぐッ、ぎいいいいぃッ‼」

両腕に掛かる、コンクリートで固められた鉄筋でも引き抜こうとしているんじゃないかと思わんばかりの、非常に重い負荷。

と、その時、大剣からブワリと滲《にじ》み出《で》た黒い靄が、柄を握っている指先から侵食を開始し、俺の肉体を蝕《むしば》み始める。

抗《あらが》えない、圧倒的な負の魔力。

俺の頭の中で騒ぎ立てる、いつかエンを初めて握った時にも感じられた、強烈な呪詛《じゅそ》。

まるでミミズやムカデが這《は》いずり回っているかのような、非常に気色悪い感覚が腕を上り、肩に到達し、全身への侵食が進んで行く。

「気色悪《わり》ぃなあもおおッ‼　俺こういうの無理なんだけど――って、オイオイオイ‼　クソッ、テメェさっきまでそんな動きしてなかったじゃねぇか⁉」

同時に、俺の目の前でギギギ、と独りでに動き出す骨龍の胴体。

斬り落とされた自身の頭部でも取り戻そうとしているのか、こちらに向かって骨の腕を伸ばし――。

「「かかれぇぇぇ‼」」

『オオオオッ‼』

――鬨《とき》の声《こえ》と共に、骨龍に殺到する、同盟軍の兵士達。

「この化け物に彼の邪魔をさせるなッ‼」

「そォれ、引っ張れぃ‼」

指揮をしているのは、獣王とドワーフ王か。

精鋭で固められているようで、分析スキルで見る限り一人一人かなりレベルが高い彼らは、俺に迫ろうとしている胴体に突撃を敢行。

ダメージは入れられずとも、尻尾の先を掴《つか》んで後ろに引っ張り、体重の掛かる足を重点的に攻撃し、その動きを妨害している。

どうやら負の魔力である黒い靄が薄くなったことで、取り込まれることもなくなり、攻撃することが出来るようになったらしい。

我がペット達も、そちらに参加しているようだ。

そうして、俺が現状を打開することに賭《か》け、皆が時間稼ぎをしてくれている――のだが、トートウンド・ルーインが抜ける気配は、未《いま》だ感じられない。

どれだけ力を込めようと、一ミリも動かない。

「ぐぅぅッ、舐《な》めるなよッ‼　俺はなァッ‼　レフィが梃子《てこ》でも動かねぇって意地張ってる時でも、あの手この手で動かすことが出来んだよォッ‼」

腕に走る血管の全てがはち切れ、筋がイカれてしまいそうだ。

俺の肉体を侵食する負の魔力が作用しているのか、強烈な吐き気がこみ上げ、体内魔力の循環がおかしくなり始めているのがわかる。

それでも。

一切、力は抜かない。

全身を突っ張らせ、歯を食い縛り、黒く染まった腕をぶっ壊さんとばかりに踏ん張り続ける。

「テメェ程度が動きたくねぇってクソニートな決意を固めてようが、俺にとっちゃ何も問題ねぇッ‼　わかったらなァッ‼　いい加減抜けやがれってんだッッ‼」


ピキ、と動く感覚があった。


刀身が刺さっていた額の穴に、ビシリと入るひび割れ。

それは、俺が力むのに比例してビキビキと大きく広がっていき――ブシュウッ、と負の魔力を吹き出し、トートゥンド・ルーインの刀身の全てが露《あら》わになる。

抜き放たれる。

――よしッ‼

抜いた勢いで体勢を崩しながらも、瞬時にアイテムボックスから神槍を取り出し、魔力を込めて薙刀《なぎなた》フォルムに変形させると、トートゥンド・ルーインを空中で真っ二つにして破壊。

そして、翼で姿勢制御して体勢を立て直すと、そのまま骨龍へと突撃した。

まず、縦に一撃。

全身を左右に真っ二つにした後、X字に斬るように連撃を加え、肉体を大まかにバラバラにしてやる。

と、魔力を込め過ぎたせいか、神槍が再び勝手に俺の魔力の吸収を始めるが——知ったことか。

「ハハハハハッ‼　解体作業は楽しいなァッ‼」

沸き上がる戦意のまま高笑いをかまし、魔力が物凄《ものすご》い勢いで減っていくのも無視し、ただ攻撃を続ける。

「彼に続けッ‼　あの攻撃に巻き込まれるなよ、そうなっても手当ては出んぞッ‼」

「ガッハッハッ‼　お前《め》ぇら、ガキへの土産話を作るなら、今じゃぜッ‼」

この化け物の終わりを、戦争の終わりを感じ取り、周囲の同盟軍兵士達もまた意気軒昂《いきけんこう》に武器を振るう。

満足に再生の出来ない冥王屍龍の骨の身体を、ガリガリと工事でもするかのように削っていく。

『全軍！　法撃隊の極大魔法の準備が終わった、退避を！』

そして、恐らく拡声魔法と呼ばれる魔法を使っているのだろう、魔界王の声が辺り一面に響き渡る。

俺達は、一斉に冥王屍龍から距離を取り——空からの攻撃が開始する。

天を白に染め上げる、幾本もの轟雷。

魔を滅す、裁きの光。

質量すら感じさせる密度をした極大の光は、全ての者の耳を馬鹿にし、立ち昇る噴煙が目を使いものにならなくさせる。

その状態で、一分は経過しただろうか。

キーン、と鳴る耳鳴りがだんだんと治まっていき、煙が晴れたその先には——もはや原形を留めていない、ただ白い粉だけが一面に広がっていた。


『ウオオオオオオッ‼』

魂からの雄叫《おたけ》びが、帝都を揺らした。

◇　◇　◇

「——ユキ君、ありがとう。色々話したいことはあるけれど……とりあえず医療班を呼ぶから、診てもらって。それ、常人なら確実に致死量の負の魔力だから。何でそうやって立っていられるのかが疑問なくらいの」

「おう、実はちょっとダルかったりする」

「ダルいじゃ済まないからね、普通は」

俺の身体に未だ強く残っている負の魔力の侵食跡を見て、魔界王は半ば呆《あき》れたような顔で医療班を呼ぶ。

「それで……この後は？」

すぐにこちらに駆け寄ってくる彼らの治療を大人しく受けながら、俺は魔界王へと問い掛けた。

「残りは消化試合だ。敵が後方に退《ひ》いた状態で、あの骨の化け物が討伐出来たおかげで、帝都は陥落せしめたと言っていいだろう。……まあ、敵もアレを倒せるとは思ってなかったんだろうけど」

「俺達が倒せなかったらどうするつもりだったんだろうな？　好き勝手暴れてたし、制御なんか全く出来てなかった感じだが」

俺もそれなりに壊したが、恐らく帝都の街並みを最も破壊したのはアイツだろうしな。

「そこは、何かしら考えがあったんだろうね。彼らとて、ただの破壊の権化を蘇《よみがえ》らせる意味はないだろうし、どうにかする手立ては持っていたんだと思うよ。――全然関係ないことなんだけど、そこらにいっぱい転がってる右手首って、君の？」

「おう、俺の。クソ痛かったぜ」

「……そう。深くは聞かないでおくよ」

一つ苦笑してから、魔界王は言葉を続ける。

「発生したアンデッドの処理も、君のペット達が暴れてくれているおかげで、楽なもんさ。後は、皇帝の身柄さえ確保出来れば――」

「それは完了しましたから、問題ありませんよぉ」

と、その声と共にこちらにやって来るのは、何やら気を失った男を背負った、黒装束の男。

……この男、魔界で見たことある。

確か、ルノーギルだったか。

かなり強い魔界王の部下だったはずだ。

分析スキルで確認すると、それが正しかったことがわかる。

「ルノーギル！　生きていたのかい」

「報告が遅れてしまいまして、申し訳ありません、陛下。色々、困ったことがありましてねぇ。あ、ユキさん、お久しぶりです。ご活躍いただいたようで、感謝していますよぉ」

「闘技大会ぶりだな。その男は……」

「はい、皇帝シェンドラですねぇ」

そう言って彼は、抱えていた男をドサリと下ろす。

そうか、コイツが……。

「ウッ……」

落下した衝撃で目を覚ましたのか、皇帝シェンドラは呻《うめ》き声をあげて閉じていた目を数度瞬《まばた》かせ、それから周囲を見渡した後、縛られたままの身体《からだ》を起こす。

「……冥王屍龍は、滅んだのか」

「そうだよ。随分厄介なものを、用意してくれていたものだ。――こうして顔を合わせるのは初めてだね。僕は魔界王フィナル＝レギネリス＝サタルニア。よろしく、第二十二代皇帝、シェンドラ＝ガンドル＝ローガルド君」

「フン……評判は聞いているぞ、魔界王フィナル。相当切れ者のようだな。それで――おい」

そう、皇帝が声を掛けた相手は、傍らで話を聞いていた、俺。

「……何だ」

「貴様、魔王だろう。ここまでの貴様達の動きで、『迷宮』に関する情報を得ていることは確実。そして、冥王屍龍を圧倒出来るその強さ。貴様が魔王であるならば、納得が行く」

俺は、正体をバラすかどうか少し考えてから、男の言葉を肯定する。

「そうだ。俺が魔王だ」

「やはりか。――魔界王フィナル、この魔王は信用出来るのか？」

何故《なぜ》そんなことを聞くのか、という顔をしながらも、魔界王はその質問に答える。

「……出来るよ。君もどこかで見ていたんだろう？　同盟軍のために、命を張って冥王屍龍と戦っていたのを」

「……そうか」

皇帝シェンドラは、口を閉じて何事か思案し――そして、言った。

「降伏の条件を伝える」

「君の身柄は、すでにこうして押さえた。こちらがそんな条件を聞かなければならない理由があると？」

「あるに決まっている。私が部下達に降伏を呼び掛けるかどうかで、この後に出るいらぬ損害が、大きく減ることになる。ならば、貴様は聞くだろう」

「……いいよ、聞こうか」

「ローガルド帝国に存在する『ダンジョンコア』を、この魔王に受け取らせろ。その場合のみ全面的な降伏をする」

「あん……？」

――いったい、何を言っているんだ、コイツは。

「……俺に、ここの魔王になれっつってんのか？」

「そうだ」

皇帝シェンドラは、俺の言葉を否定せず、あっさりと頷《うなず》いた。

「……理由を言え」

「私が求めたのが力で、それを貴様が有しているからだ」

「答えになってねぇ」

「フン……いいだろう。――ローガルド帝国皇帝は、代々迷宮を継承してきた。だが、完全な力を有したのは初代皇帝のみ」

そう、男は、語り始める。

「私もまた皇帝になる際、迷宮を継承したが、不完全な機能しか使用することが出来ておらん。……恐らく、只人《ただびと》が魔王となることには無理があるのだろう。迷宮は適性のない者が受け継いでも意味がない。大した力も得られず、ただ井の中で囀《さえず》るだけの弱者にしかなれん」

「…………」

シェンドラの言葉に思うところのあった俺は、話に耳を傾けながら思考する。

敵側に魔王がいるにしては、あまりその力を使って来ないとは、確かに思っていた。

多数の死者が発生し、ＤＰも多く得られただろうに、追加の魔物や罠《わな》が全く出て来なかった。

この皇帝の言い種《ぐさ》からすると、何かしら制限が掛かっていた、ということなのだろう。

――ダンジョンの、継承。

ダンジョンが滅べば魔王は死に、逆に魔王が死ねば、ダンジョンの力が大幅に弱まり、結果的に滅ぶ。

だが、それに例外が存在することは、よく知っている。

俺が支配した、幽霊船ダンジョンだ。

あそこの魔王になっていた哀れなアンデッドは俺が殺したが、しかしダンジョンは滅びず、未《いま》だその形を残している。

ダンジョンコアを吸収し、俺が新たな魔王となって支配しているためだ。

……考えてみれば、ウチの大人組も魔王候補と言えるのか。

俺が許可したため、彼女らは現在、簡易的ながらもダンジョンの機能を使用することが出来るようになっている。

仮に俺が死んでも、魔境の森のあのダンジョンは存続出来るのかもしれない。

ただ、恐らくその場合では、完全な継承とはならないのだろう。

――器の形、か。

思い出すのは、いつか精霊王がダンジョンへやって来た際、話していたこと。

俺は、時間を掛けてダンジョンに適合することで、それまで使えなかった機能が使えるようになった。

外でもマップ機能や、一部ＤＰカタログが使用出来るようになったり、だ。

精霊王の言葉を借りるならば、魔王は『器が不定形』であるため、生存のための力を適宜得ることが出来る訳だ。

だが、それ以外の者だと、そうはいかない。

種族進化でもしなければ、ヒト種の器は基本的に定まった形から変化しないからである。

故に、魔王でなければダンジョンを真の意味で継承することは出来ないのだろう。

それとも……もしかすると、案外時間の問題だったりするのかもしれない。

長い長い時間を掛けて魔素や魔力に適合し、年寄り程強くなる龍族のように、ダンジョン自体が持つ魔力に時間を掛けて適合していけば、あるいは後天的に『魔王』へと至ることも可能なのではないだろうか。

人間の寿命では、その時間が圧倒的に足りないだけで。

「それでは、駄目なのだ。この辺りは、周辺国家全《すべ》てが潜在敵国だ。長らく争い続け、一時手を組んでいても次の代では敵対することなどザラにある。国境線の定まりにくい平野が多く、気候が安定しないことが原因だろう。過ごしやすい気候の時期は戦が減り、それが崩れた時は倍増していることが記録により確認出来ている」

学者のような口調で、言葉を続ける皇帝シェンドラ。

……コイツは、研究者としての顔の方が専門なのかもしれない。

「先代皇帝は融和政策を取っていたが、そのせいで弱腰と軽んじられ、どれだけの不利益をこの国が被り、いらぬ闘争を生んだことか。平和は誰《だれ》もが望むと言うが、そんなものは嘘《うそ》だ。この世は力が必要だ。力無くして、安寧はあり得ん」

「……アンタだって、今まで散々戦争を起こしてきたんだろう。こうして俺達と敵対することになるくらいに」

「それは受け身の姿勢によって起こる戦ではなく、能動的な行動による戦だ。他者からするとそこに違いは見出《みいだ》せぬかもしれんが、どちらにしろ私はこの国の皇帝だ。我が民を生かすためならば、他国を侵略することに躊躇《ためら》いを覚えるはずもなし。フン、まあ……こうして失敗した訳だが」

そう言って、自虐的に鼻を鳴らす。

「結局私は、頭で考えるばかりの研究者だったということだ。考えることは出来ても計画を実行に移す能力はなかったらしい。しかし――貴様は違う。初代皇帝と同じく、迷宮に選ばれし者」

「…………」

「冥王屍龍と張り合える程の、規格外の力を持つ貴様がこの国の支配者となれば、周辺国は恐れ、尊重し、その武威を前に安寧が訪れるだろう。そして魔王。その場合、貴様にもメリットがあることはわかっているだろう？　魔王は迷宮の支配領域の大きさで行使出来る力の量が変わる。ローガルド帝国に広がる迷宮は、広大だぞ」

「……俺がこの国で虐殺でも始めたらどうすんだ」

「貴様がそんな無為なことに快楽を覚える馬鹿であるならば、そもそもそうやって協力など出来ておらんだろう。それに関しては、貴様達を信用しているのだよ、同盟軍」

いつの間にか、周囲には他の王達が揃《そろ》っていた。

エルフ女王、獣王、ドワーフ王が揃い、俺達の会話にジッと聞き入っている。

「何も統治しろと言っている訳ではない。侵略者が来たらそれを討伐し、それ以外の面倒なことはここにいる他の王達にでも任せれば良いだろう。それはそれで利益になる以上、この者達はまず間違いなく断らん。——魔界王。私の出す条件は、これだ。戦争で負けたこの国が、この魔王の武の下で安寧を得ること。これを呑《の》んでもらいたい」

「……ユキ君、どうかい？」

そう問い掛けてくる、魔界王。

「……一つ……聞かせろ。何故だ？」

いったい俺が何を聞きたいのかを正確に理解し、皇帝シェンドラはニヤリと笑みを浮かべ、言った。

「それが、王たる者の務め故。——我が民、託したぞ」

◇　◇　◇

——それから程なくして、悪魔族達の副指揮官らしいデレウェスという男が現れ、降伏した。

俺の目的であった悪魔族頭領ゴジムは、どうやら知らないところで皇帝シェンドラと争い、すでに死んだそうだ。

ヤツを殺してやりたいとは思っていたが……まさか、こんな結末になるとはな。

「……ここか」

――皇帝シェンドラが示した、帝城にある彼の私室。

そこに、ダンジョンコアは置かれていた。

「魔界王、いいんだな？　これに俺が触ると、ここは俺のものになる」

「それが彼の出した条件だからね。ま、君が支配者になるなら問題ないさ。他の王達も納得済みだし、そもそも君がいなかったらこの戦争、冥王屍龍を倒し切れずに多分負けてるから、その報酬だと思ってくれ」

「……わかった」

俺はダンジョンコアに触れ――いつか幽霊船ダンジョンを支配した時と同じく、まるで手のひらに吸い込まれるようにして、瞬時に消失する。

メニュー機能を開き、マップを確認すると、新たにローガルド帝国周辺のエリア全てを見ることが出来るようになっていた。

これで『扉』が設置可能になり、いつでも魔境の森と行き来出来るようになった訳だ。

「どう、ユキ君」

「あぁ。無事に俺の支配領域になったようだ」

「とすると、ローガルド帝国の法により、次代の皇帝は君となった訳だね。おめでとう、これで君もまた僕達と同じ、一国の主だ」

ローガルド帝国では、ダンジョンを継承した者が皇帝となるという法が存在する。

故に俺は、これで『第二十三代ローガルド帝国皇帝』に就任したことになる。

ついこの前正式に『龍王《りゅうおう》』として認められたりもしたが……いらん肩書ばかりが増えていくな。

笑う魔界王に、俺はげんなりした表情で答える。

「勘弁してくれ。俺は政治を知らないし、商売も知らないし、人心掌握の術《すべ》も知らない。統治の方には一切タッチしないから、アンタらで上手《うま》いことやってくれよ」

「わかったわかった。ま、けど、名目上はユキ君が皇帝になる訳だから、何かあったら君の指示が通るようにしておくね」

そんな会話を交わしながら、俺は皇帝シェンドラの私室に視線を巡らせる。

やはりあの男は、研究者としての顔が本職だったようだ。

置いてあるのは、ズラリと文字が並んだ何かの研究資料に、様々な記録、実験器具ばかりで、贅《ぜい》沢《たく》をしている様子は一切感じられない。

むしろ、かなり質素な方ではないだろうか。

――正義の反対は、正義。

月並みな言葉だが……そういうことなのだろう。

物語のようなわかりやすい悪など、そうそういやしないのだ。

「……厄介なものを押し付けやがって」

──いいだろう。

見てやるさ、面倒くらい。

これからは、俺の支配領域になるんだ。

敵からくらい、守ってやるよ。

エピローグ　誰《た》がために剣を振るう

戦争は、終わった。

ローガルド帝国皇帝が敗北を宣言したことで、帝国兵達は投降。

後処理はまだまだ残っているが、夜も深い時間であったため、ローテーションで同盟軍の兵達を休ませる。

そんな中で、だが魔界王フィナルはまだ休まず、供も付けず、一人帝都の地下研究所へと降り立っていた。

「――ここにいたのか。久しぶりだね、ゴジム君。随分とまあ、ボロボロになっちゃって」

発見したのは、物言わぬ、悪魔族頭領ゴジムの死体。

傷のないところがもはや存在しない、そのボロボロの姿。

自らの命を賭《と》し、死力を尽くして戦ったであろうことが一目で理解出来る。

「神聖水の製法、助かったよ。冥王屍龍《しりゅう》なんてものがいるのは君も知らなかったようだけど、こんなものを造っていた以上、彼らが何かを企《たくら》んでいることは気付いていたようだね。……全く、どう捉《とら》えればいいのか大分迷ったよ、この手紙」

そう言って魔界王は、懐から取り出した一枚の手紙をヒラヒラさせる。

そこに書かれていたのは、神聖水の製造方法、今後の大まかな作戦行動、そして『後は頼む』という言葉。

この手紙が届いたのは、エルフの里の襲撃より少し前のことだった。

つまり魔界王は、知っていたのだ。そして、黙っていた。

エルフの里が襲撃されるということと、敵に魔王がいるということを。

迷宮に対する知識は、魔王ユキが訪れるまで一般的なものより少し踏み込んだ程度のものしか持っていなかったが、それでも、味方にその情報は伏せていたのだ。

「相変わらず言葉が少ないよ、君は。そういうところ、僕の近衛隊長だった頃と全然変わっていないようだね」

呆《あき》れたように一つ苦笑を溢《こぼ》し、彼は独り言を続ける。

「……君が僕の下を離れ、『悪魔族』だなんて名乗って旗揚げしたと聞いた時は、流石《さすが》に狼狽《うろた》えたよ。君の集落が人間との戦争で焼かれ、それでも彼らとの和解の道を模索する僕を見て、許し難いと思ったのかと。けれど……それは違ったんだね」

思い出すのは、今より十年は前のこと。

部下であったゴジムの故郷が人間に襲われたと報告が入り、焦った表情で出撃を望む彼に許可を出し——そして、帰って来なかった。

敵は撤退した後で、迎撃部隊は一切の戦闘をせず帰還したが、彼は「一人にしてほしい」と焼け落ちた故郷に残ったらしく、そのまま姿を消したのだ。

次に現れたのは、四年前。

その時にはすでに、『悪魔族』などと名乗り、魔界王である自身と敵対する勢力として台頭を始めていた。

一年前に、魔王ユキも出場した闘技大会で再会した頃など、本当に敵になってしまったのだと思っていたのだ。

魔界を脅かす、非常に危険な敵であると。

「君は、わかっていた。今の情勢ならば、一戦も交えることなく平和が訪れることはあり得ないと。多くの種族に共通した脅威がなければ、今までより深い協力関係になることは不可能だと。だから君は脅威となった。魔界内のはぐれ者を率い、勢力を増し、覇を望んだ皇帝シェンドラと手を組んで世界の敵となった」

いつから協力関係にあったのかはわからないが、ゴジムがアンデッドを使い始めたのは、恐らく皇帝シェンドラの影響なのだろう。

この不器用な男は、変なところで律儀だったと覚えている。

悪役として振る舞うならば、死霊術を使うのが良いとでも思ったのかもしれない。

ローガルド帝国の人間達とは、どうも相当仲が悪かったようだが、ここに至るまでよく破綻《はたん》せずにやれたものだ。

お互い、相手を利用し尽くす算段で全く信用し合っていなかったらしいことが、むしろ上手く働いたのだろうか。

「どんどんと存在感を増す君を、僕らは無視出来なくなった。自然と他国との協力を考えるようになり、そしてエルフの里での襲撃。あれは見事だったね。あの一手で僕らの今後の動きは、完全に決定付けられたと言っていい」

他種族間による、深い関係での同盟。

あそこで襲撃がなければ、そこに至るにはもっと時間が掛かっていたことだろう。

考えてみれば、以前の魔界にて、魔族、エルフ、ドワーフ、獣人族の四種族による同盟を結んだ際も、人工アンデッドを送って襲撃させていた。

その頃から、ゴジムは今の構図を脳裏に描いていたのだろう。

魔界王が短期決戦を望んでいたのは、ゴジムのもたらした情報により、一撃で敵を粉砕するための作戦が整ったからだ。

皇帝シェンドラにも『冥王屍龍』という秘策があったため、危ない橋を渡ったことは確かだが、最終的に賭けに勝ったのは、フィナルの陣営であった。

「あぁ、冥王屍龍に関しても、君が何かしたんだろう？　あの怪物は脅威だったけれど、それでもどういう訳か、完全体として蘇《よみがえ》ってはいなかったらしい。わざわざ不完全な弱い状態で蘇らせる必要がない以上、何かしら手違いがあったことは間違いない」

魔王ユキの活躍で討伐には成功したが、共に飛行船に乗っていた羊角の魔族、エルドガリア女史曰《いわ》く、あの時点ではまだ完全体ではなく、アンデッドのエネルギーである負の魔力を吸収している段階だったという。

復活の途中で無理やり起こされたように見える、などと言っていた。

どうやら額に刺さっていた大剣が負の魔力を集める役割を担っていたようだが、それも必要としない完全体として蘇っていた場合、どれだけ損害が増していたことだろうか。

戦争もまだ終わっておらず、ひと月かふた月か――いや、兵糧の面でふた月で限界が訪れるため、そこで軍は強制的に解散。

兵糧がない以上大規模な動員が可能になるまでには長い時間がかかり、数年単位で争いが続くことになったと思われる。

そうなれば、詰みだ。ただ単純に戦争に負けるというより、幾つかの種が滅亡する可能性すらあっただろう。

あのアンデッドドラゴンを排除出来なければ、それだけの大惨事になるところだったのだ。

「これらは、全《すべ》て僕の憶測に過ぎない。君の真意は、もう誰《だれ》にもわからない。けれど――ま、そう遠くもないだろうとは思っているよ。今回の戦争は、君の勝ちだ。あの皇帝も合わせて、僕らは全員君の描いた画《え》の上で踊っていたのだから。全く……その手腕、生きて僕のところで発揮してもらいたかったよ」

軽い口調ながらも、複雑な感情を感じさせる声音で、そう言葉を溢す。

悲しみを、胸の内に押し殺したような声音で。

「これからゴジム君の名は禁忌となるだろう。大罪人として歴史に刻まれ、人々から忌み嫌われることになる。ただ……君のお墓だけは、亡くなった奥さんの隣に建てることを誓おう」

そして彼は、しばし、口を閉じる。

ただジッと、ゴジムの亡骸《なきがら》を見詰める。

「……そろそろ行くよ。仕事が山積みだからね。罪で言えば、ほぼ把握していながら君の策に黙って乗っかっていた僕も同罪だ。だから、残りの後始末は全て僕がやろう。――君が蒔《ま》いた種を、無駄にはしない」

本気で世界を変えようとした、愚か者の望みを。

命を賭した、その願いを。

この世界に、刻むのだ。

「さらばだ、友よ。君という偉大な男の名を、僕は一生忘れない」

そう言い残し、魔界王は地下研究所から去って行った。

未《いま》だ勝利の余韻が残る地上へと戻り――すぐ近くに、何か虫のようなものを手に止まらせている、魔王ユキの姿を発見する。

収納の魔法を使ったのか、人の耳のような翅《はね》を持つその虫を空間の亀裂にしまい込むと、こちらに言葉を掛けてくる。

「用事は、終わったか」

「あぁ、終わったよ。……ユキ君、僕を、殺すかい？」

「……アンタには、俺の支配領域になったローガルド帝国の戦後処理をやってもらわなきゃ困る。上手《うま》くやんなら、聞かなかったことにしといてやる」

フィナルはフ、と笑う。

「任せてくれ。やることがいっぱい残っている以上、まだ死ぬ訳にはいかないからね。君に満足してもらえるよう、頑張るよ」

魔王ユキはボリボリと頭を掻《か》き、一つため息を吐《つ》いた。

◇　◇　◇

今戦争は、『種族無き同盟軍』の勝利で終わった。

ローガルド帝国の扱い、悪魔族達の扱いなど、細かいことが話し合われるのはこれからだが、少なくとも領土の割譲は確実らしい。

賠償金も結構な額になるらしいが、ただあまり急進的にやって反体制運動を起こされても困るので、その支払いは長く時間を掛けて、もしくはローガルド帝国が有していた技術の供与などで代替されるだろうと魔界王は言っていた。

俺も賠償金の一部が貰《もら》えるという話だったが、ダンジョンコアを吸収し俺がこの国の支配者となったことで、収支としては大幅にプラスであるため、これ以上はいらないと断った。

多分、いや確実に一番得したのは俺だろうしな。

皇帝シェンドラが使わなかった分のＤＰ――使えなかった分のＤＰも大量に得られたので、今更金銭とか貰っても、というのが正直な本音である。

今後の国家運営に関しては、種族無き同盟軍に参加した国々が仲良く回していくそうだ。

他種族同士が共存するための、実験都市として利用するとか何とか、という話だ。

数年は混沌《こんとん》とした状況になるだろうが……まあ、上手くやってくれることを願おう。

面倒なことは全部丸投げするつもりだが、何かあったら、多少は俺も手を貸すとしよう。

ここはもう、俺の支配領域なのだから。

——こうして、後に『屍龍大戦』と呼ばれることになるこの戦争は、終結した。

まだまだしなければならない後始末は残っていたが……流石に疲れた俺は、王達やエルドガリア女史に挨拶《あいさつ》した後、新たに空間魔法が使用出来る扉を設置し、魔境の森へと帰る。

「——それじゃあな、お前ら。今回は助かったぜ。また、何かあったら頼むよ」

森の方でペット達と別れた俺は、翼を出現させて夜の空を飛び、いつもの洞窟《どうくつ》に辿《たど》り着《つ》くと、一番奥に設置されている扉から直接真・玉座の間へと跳ぶ。

「ただいま」

すでに夜も深いので、皆を起こさないよう小声でそう言い、完全に寝入っているエンを部屋の傍らに立て掛け——と、人の気配に気が付いたらしく、のそりと布団の一つが起き上がる。

レフィである。

「ん……ユキ、エン、戻ったのか。おかえり」

「ただいま。すまん、起こしちまったか」

「良い、それくらい気にするな。ふむ、怪我《けが》は……魔力の流れが乱れておるの。えりくさーを乱用したんじゃろ？　全く、また無茶をしおったのか」

俺の状態を、一目見ただけで理解したらしい。

ちょっと責めるような目で、そんなことを言ってくるレフィ。

「ハハ……お前には隠しごとが出来ないな。大変だったよ。昔精霊王が倒したっていう冥王屍龍を、敵が蘇らせてさ」

「む……冥王屍龍を？　あれは、大地すら滅す劫火《ごうか》で爺《じじい》がしかと焼き尽くしたはずじゃが……」

大地すら滅す劫火ね。

怖いので詳しくは聞かないでおこう。

「あぁ、だから完全体じゃあなかった。頭部と胴体の骨だけ冥王屍龍の骨で、それ以外を魔物の骨って感じで蘇らせてたんだ。多分、精霊王が戦った時よりは相当弱体化してたと思うんだが、それでも酷《ひど》い目にあったわ」

主に神槍《しんそう》のせいでな。

動きがトロかったから、結局ヤツからの攻撃は一撃も食らわなかった訳だし。

「あと、そうそう、国を貰ってきた」

「……国？」

「おう。敵だったローガルド帝国の皇帝になった。まあ、名目だけだから統治とかは全部任せちゃったんだけどさ」

「あー……何がどうなればそういう結果になるのか、ほとほと理解出来んが、まあお主がそう言うのならばそうなんじゃろうな。つまり儂《わし》らは皇家となった訳か？」

「そういうことだ。どうよ、これで俺も、木端魔王からちょっとは出世したって言えるんじゃねーか？」

「甚だ想定外の方向への出世じゃがな」

呆《あき》れたような笑いを溢すレフィ。

こうして彼女と話しているだけで、俺の心がどんどん休まっていくのを感じる。

精神が、解《ほぐ》れていく。

「レフィ」

「ん」

「お前といると、心が休まるよ」

「カカ……お帰りのちゅーでもしてやろうか？」

「お、是非頼む」

「……冗談で言ったんじゃがの。まあ良い、では、膝《ひざ》を突くんじゃ」

「ん？　あぁ」

言われた通り、俺は両膝《りょうひざ》を突く。

目線が、レフィの胸辺りに来る。

すると彼女は、両手で俺の髪をクシャリと撫《な》で――。

「お主達が、無事に帰って来て良かった」

――形の良い唇で俺の額に口付けし、そのまま胸に抱くようにして、俺の頭を抱きかかえた。

「……帰るさ。お前が、ここにいるんだから」

俺は膝を突いたまま、彼女の華奢《きゃしゃ》な胴に腕を回した。

ギュッと。

温《ぬく》もりを、手放さないように。

特別編　其《そ》は根源であり、其と共に生を歩む

俺は、「散歩してくる」と一言伝えた後、居間を出る。

向かった先は、草原エリアの扉から行くことが出来る、魔境の森へと繋《つな》がる洞窟。

――俺にとっての、始まりの洞窟だ。

いつもひんやりとした、鍾乳石《しょうにゅうせき》のある洞窟内。

まあ、幼女達に万が一があったら困るので、天井から垂れていたものは全部折り、ダンジョンの機能で『硬化』を掛け、危険がないようにはしてあったりする。

こういうところで手を抜くと、事故が起きる可能性があるからな。

そうして、カツーン、カツーンと足音の反響する洞窟を抜けると、見えるのは視界いっぱいに広がる、魔境の森の絶景である。

どこまでもどこまでも続く、大いなる大自然。

「…………」

俺はその場に腰を下ろし、後ろ手を突いて、景色《けしき》を眺める。

穏やかな風が吹き、俺の髪を揺らす。

毎日見ていても、変わらずここは美しく、飽きが来ない。

だが、この森は恐ろしい場所だ。

それなりに成長した今の俺ですら敵《かな》わない魔物が数多《あまた》棲息《せいそく》しており、油断すれば普通に死ぬだろう。

長らくダンジョンの拡張を続けているが、未《いま》だ森の全《すべ》てを掌握することは出来ておらず、最も魔物が強い西エリアを俺のダンジョン領域に組み込もうとしたら、あと五十年は掛かるかもしれない。

多分、効率で言えば、それよりも森の外へと領域を広げた方が良いだろうな。

この長い生を費やして、いつかはこの森を完全な支配下に置いてやろうとは考えているが、いったいどれだけ掛かることやら。

そんな、どうしようもなく過酷な環境なのが魔境の森である訳だが……何と言うか、今ではこの森に対して、俺は『故郷』のような感覚すら抱いていたりする。

森の外に出て、そして戻ってくる時に、やはり「帰ってきた」と思うのだ。

住めば都と言うが、全く、物騒な都もあったものである。

「……ま、俺は一生、ここで生きていく訳だしな」

ダンジョンと、俺のルーツ。

ダンジョンがある限り、俺はこの森を離れることはなく、死ぬまで付き合っていくことになる。

だからこそ、物騒で、雄大で、美しく、神秘的なこの大自然を。

俺もまた、愛着を持って親しんでやるとしよう。

――と、俺がそんなことを考えていた時。

「クゥ」

「お、来たか、リル」

先程『遠話』で呼んだリルが、のしのしと森の方からこちらに寄って来る。

「クゥ？」

「いや、何、重要な用があった訳じゃないんだがな。何となく、のんびりしたくなってよ」

「クゥ……」

リルは「はいはい、わかりました」といった感じの、苦笑するような鳴き声を溢《こぼ》し、俺の隣に伏せの姿勢で座る。

俺は、我がペットのモフモフの身体《からだ》に寄りかかり、ただボーっと魔境の森を眺める。

どれだけ、そうして景色を眺めていただろうか。

リルもいるので、気を抜いて少しウトウトしていると、俺の名を呼ぶ声が洞窟の方から聞こえてくる。

「――おにいちゃーん！」

「ユキー」

「ん……」

現れたのは、レフィとイルーナ。

「む、何じゃ。リルと昼寝しておったのか？」

「あ、お昼寝の邪魔しちゃったかな？」

「いや……大丈夫だ。それより、どうした？」

「うむ、今ダンジョンの皆で遊んでおっての。儂らは心優しいから、一人寂しくしておったお主も呼んでやろうと思ったのじゃ」

「おねえちゃんは、おにいちゃんと一緒に遊びたかったんだよね！」

「ち、違うわ、阿呆《あほう》！」

「わかったわかった、俺も行こう。せっかくだし、リル。お前も来いよ」

「クゥ」

「今ね！　こーどな心理戦を交えながらの、ちわきにくおどる戦いをしている最中なんだよ！　今のところ、レイラおねえちゃん陣営とエンちゃん陣営が強くて、すごいの！」

「お、おう、そうか。……レフィ、お前ら、何の遊びをしてるんだ？」

「外交ごっこ」

「……ま、まあ、お前らが楽しんでるんなら、いいんだけどさ」

そう笑って話しながら、イルーナを真ん中に三人で手を繋ぎ、城へと戻る。

俺は、こうして、この場所で日々を生きる。

あとがき

どうも、流優《りゅうゆう》です！　十巻をご購入いただき、誠にありがとうございます！

今巻は、作者にとって書きたいことを全《すべ》て盛り込んだ巻でした。この作品が作者の頭の中で初めて形になった時から、書きたいと思っていた話です。

今までの布石は、この巻に向けて作ってきたものでした。しっかりとプロットがあった訳ではないのですが、出したいキャラを出して、動かし、決着させることがどうにか出来ました。

……まあ、と言っても、思い描いていた通りに話が進んだ訳じゃあないんですけどね。

当初の予定では、ゴジムとユキが共闘して皇帝シェンドラと戦う予定だったのに、なんか裏で知らないところで活躍して死んじゃったし、皇帝シェンドラはもっと魔王っぽい敵にする予定だったのに学者みたいになっちゃったし。

冥王屍龍《しりゅう》とか、途中まで全然頭になかったのに、気付いたら出現して暴れてましたし、魔界王のようなその他の登場人物達も、自己主張しまくって活躍してましたし……いつもの、キャラクターが勝手に動いた結果ですね。全く、困っちまうぜ。

上手《うま》く書けた部分もあれば、もっと良い展開に出来たんじゃないかと思う部分も当然ありますが、ただそれでも、ここまで持って来ることが出来たのは、大満足というか、本当に嬉《うれ》しい思いでいっぱいです。

漠然と頭の中に存在しているだけだったイメージを、文字を連ねてしっかりとした世界に変えていき、考えていた到達点である今巻まで辿《たど》り着《つ》くことが出来たのですから。

この先、大まかな作品の方向性はまだ未定ですが、ここまでで得た経験値は大きな力になりました。作家としての能力が磨かれたことは勿論《もちろん》、自身の得意不得意、目指すべき方向性も見えたように思います。

この作品をもっともっと楽しんでもらえるように、今まで学んだことを活《い》かして、さらに昇華していきたいね！


最後に、謝辞を。

この作品を共に作り上げてくれた、担当さんに、だぶ竜《りゅう》先生に、遠野《とおの》ノオト先生。

関係各所の皆様に、この物語を読んでくださった読者の方々。

全ての方々に、心からの感謝を。


それでは、またその内お会いしましょう！　あばよ！

カドカワBOOKS

魔王《まおう》になったので、ダンジョン造《つく》って人外娘《じんがいむすめ》とほのぼのする 10

2021年 1 月10日　初版発行
2021年 4 月10日　再版発行

著者／流優《りゅうゆう》

発行者／青柳昌行

発行／株式会社KADOKAWA

〒102-8177
東京都千代田区富士見2-13-3
電話／0570-002-301（ナビダイヤル）

編集／カドカワBOOKS編集部

印刷所／大日本印刷

製本所／大日本印刷

※定価（または価格）はカバーに表示してあります。

●お問い合わせ
https://www.kadokawa.co.jp/（「お問い合わせ」へお進みください）
※内容によっては、お答えできない場合があります。
※サポートは日本国内のみとさせていただきます。
※Japanese text only

Printed in Japan
ISBN 978-4-04-073929-8 C0093

新文芸宣言

かつて「知」と「美」は特権階級の所有物でした。

15世紀、グーテンベルクが発明した活版印刷技術は、特権階級から「知」と「美」を解放し、ルネサンスや宗教改革を導きました。市民革命や産業革命も、大衆に「知」と「美」が広まらなければ起こりえませんでした。人間は、本を読むことにより、自由と平等を獲得していったのです。

21世紀、インターネット技術により、第二の「知」と「美」の解放が起こりました。一部の選ばれた才能を持つ者だけが文章や絵、映像を発表できる時代は終わり、誰もがネット上で自己表現を出来る時代がやってきました。

UGC（ユーザージェネレイテッドコンテンツ）の波は、今世界を席巻しています。UGCから生まれた小説は、一般大衆からの批評を取り込みながら内容を充実させて行きます。受け手と送り手の情報の交換によって、UGCは量的な評価を獲得し、爆発的にその数を増やしているのです。

こうしたUGCから生まれた小説群を、私たちは「新文芸」と名付けました。

新文芸は、インターネットによる新しい「知」と「美」の形です。

2015年10月10日
井上伸一郎